红孩

乡愁文丛　王剑冰　主编

运河的桨声

红　孩　著

中原出版传媒集团
中原传媒股份公司

大象出版社
·郑州·

图书在版编目(CIP)数据

运河的桨声 / 红孩著.— 郑州 :大象出版社,
2017. 5 (2018. 3 重印)
(乡愁文丛 / 王剑冰主编)
ISBN 978-7-5347-9189-5

Ⅰ. ①运… Ⅱ. ①红… Ⅲ. ①散文集—中国—当代
Ⅳ. ①I267

中国版本图书馆 CIP 数据核字(2017)第 059513 号

乡愁文丛

王剑冰 主编

运河的桨声

YUNHE DE JIANGSHENG

红 孩 著

出 版 人 王刘纯
策 划 王刘纯
责任编辑 李建平
责任校对 张迎娟
装帧设计 王莉娟

出版发行 大象出版社(郑州市开元路 16 号 邮政编码 450044)
发行科 0371-63863551 总编室 0371-65597936
网 址 www.daxiang.cn
印 刷 洛阳和众印刷有限公司
经 销 各地新华书店经销
开 本 787mm×1092mm 1/16
印 张 15
字 数 147 千字
版 次 2017 年 5 月第 1 版 2018 年 3 月第 2 次印刷
定 价 32.00 元

若发现印、装质量问题,影响阅读,请与承印厂联系调换。
印厂地址 洛阳市高新区丰华路三号
邮政编码 471003 电话 0379-64606268

找得到灵魂家园，记得住美丽乡愁

——“乡愁文丛”总序

王剑冰

我们强调保护中国的传统文化，而传统文化当中就有乡愁。乡愁是中国人热爱家乡、牵念故里的独特情结，是一种美好自然的文化观念。社会越是变化、越是浮躁，这种情结就越显珍贵。乡愁也是一种寻根意识，记住乡愁，记住美好的童年，记住美好的向往，也便是铭记我们的根本。

我们每个人都是故乡的一片叶子，这片叶子无论飘落多远，都无法摆脱大树对于叶子的意义。一个人的身上总有着故乡的脉络，流着故乡的血，带着永远不可改变的DNA。一个个的人也可以说是一个个村子的化身，他们走出去，分散得到处都是，却不会把村子走失。

说起乡愁，那是一种与生俱在的情怀，住在心中的故乡常常鲜活在那里。故乡是安放你的灵魂、温暖你的寂冷的地方，是接纳你的疲惫、抚慰你的忧伤的地方。翻开一页页被繁忙弄乱的过往，记忆中的余香总在儿时的故乡。那里有我们最亲密的玩伴、最爱吃的食物、最漂亮的衣衫、最天真的憧憬。而芬芳入梦的，多是亲人亲切的面容与温馨的相聚场面。那些亲人或已故去，或还在乡里。现在多数人对故乡的感觉同对年节的感觉一样，那种热闹团圆、香气弥漫的味道是乡情中最重要的部分。“每逢佳节倍思亲”，所以归乡最多的时刻是年节，带着满满的怀想、满满的辛苦，万水千山相携于途，构成最为壮阔的乡愁景观。古往今来，人们因为各种缘由漂泊在外，但总是要找机会赶回故里。金圣叹曾列举“不亦快哉”之事，其一即是“久客得归，望见郭门，两岸童妇，皆作故乡之声”。然而他们的欢喜中又带着那种“近乡情更怯，不敢问来人”的复杂心理。漫长的时光已然流逝，乡愁的话题始终没有停息，情怀早已渗透于诗歌典章，直至后来，还有余光中、三毛、席慕蓉不约而同地同题《乡愁》。

诚然，远在故乡之外的游子，生发的多为眷念之情，即使老杜有“漫卷诗书喜欲狂”“便下襄阳向洛阳”的返乡之举，回到家乡也还是要再出去，因“莼鲈之思”而辞官归返的张季鹰毕竟是少数。还有，余光中的《乡愁》或代表了一些人对于故乡的认知，那就是故乡即是母亲（或双亲）的代名，对于故乡的怀念即是对于母亲的怀念，回故乡即是为了看母亲，母亲不在了，故乡的概念便模糊起来。随着生活的变化，有人也不可避免地遇到了回乡的矛盾，记忆与现实发生了冲突，那种期待值与仪式感渐渐折损，许多美好已然变成了永久的追忆。所以有人会说："我是真的爱家乡，不过爱的可能是记忆里的家乡。"确实，没有一成不变的事物，这是时间所带来的不可逆转的事实。然而不可逆转的还有那份强烈的牵绊，永恒的顾念并未因此而中辍，情感的执拗还是同那些疏离与怨怼扯断了关联。生生不息地以文字表达出来的乡愁，也成为中国文学中一个特有的传统。

作家们大都已离开生养自己的故土，但我们却能看出那种深深的乡愁情结，这其中有写生养自己的故乡的，也有写生活过的第二、第三故乡的，还有赞美如故知的他乡的。文丛中，地域山水皆有代表，民俗风情各具特色，多方位地展现出人与历史、人与环境的关系，彰显对亲人故土的真挚情怀以及对世态人生的深切感慨，给我们带来亲近，带来回味，带来启迪，让我们感受到温馨而深挚、苍郁而辽阔的文字力量。

我们说，在意乡俗年节，提倡尊崇温情，爱护碧水蓝天，留住美好记忆，是和谐社会建设的内容之一，也是复兴民族文化的核心之一。这样会把我们赖以生存的环境保护和建设得愈加贴近期待与理想，也会使我们愈加容易找得到灵魂家园，记得住美丽乡愁。大象出版社倾心打造这样一套阵容壮观的“乡愁文丛”，就是带有这样的初衷。该文丛是具有欣赏性、研究性、珍藏性的文学工程，也是一种文化的记忆与期望。“故乡今夜思千里，霜鬓明朝又一年。”随着时间的挥手远去，这种记忆与期望会愈加显现出它的意义。

2017 年初春

目 录

第三辑 不尽乡愁

第四辑 老街旧坊

第一辑 百花深处

女人的荷

此刻，已经是午夜，天边的满月斜斜地挂在头上，没有星光，间或有一盏流动的夜明灯从眼前隐隐地划过，同行的童姐说那是祈福之人燃放的。我不知道那祈福之人是男是女，也不知道他们是祈求生命的健康还是爱情的永恒，总之我们六个文学上的善男信女面朝月色，已经表情庄严地同那陌生的朋友一起祈祷了。为了他们，也为了我们自己。

然后，我们徜徉在悦荷广场，开始了一场没有约定的月光晚会。晚会的形式自然是唱歌、朗诵与舞蹈，主题需与月亮、荷花有关。三个女士当仁不让地成了今晚的夜莺，古典的，现代的，中国的，外国的，知道的，不知道的，像潮水般地倾泻而下，似乎要把这千亩荷塘给填满似的。侧眼看着那些被冠以小碧台、宁娃、碗莲、香睡莲、彼得、克罗马蒂的莲花们，有微笑绽放的，也有羞涩含苞的，还有隐在荷叶下面的，像大企鹅下面的小企鹅，温暖而又多情。听着我们的合唱“月亮走，我也走，我送阿哥到村口……”，那些高高低低的花冠们也就不再矜持了，渐渐地开始摇曳，与远处堤岸上的垂柳连成一幅多彩的夏日风景。

“要是有把小提琴就好了。”童姐说。“哦，是的，如果现在我们真的有把小提琴就好了。”我想童姐此时一定想到朱自清在其散文《荷塘月色》中所描写的那句“光与影有着和谐的旋律，如梵婀玲上奏着的名曲”了。其实，没有音乐也罢，任何乐器都是人手的操弄，而控制人手的恰恰是人的心灵。只要有了心灵的歌唱，连路边的小草都会和我们共鸣的。

不知怎的，我突然忆起我的少年往事了。

我的家乡在北京郊区，那里过去也曾有过很多的河流与池塘，虽然没有种植藕荷，但茂密的芦苇总还是有的。少年读书，当读到“小荷才露尖尖角，早有蜻蜓立上头”时，我就思忖，小荷是什么？它长得什么样？这样的猜想一直持续到上了中学。印象中第一次见到荷花，是在北海公园，那是一个晚秋。晚秋的荷花，宛如结过婚的女人，从叶子到花蕾都显得丰满而颇具神韵。记得班里有个叫荷的女孩，生得天生丽质，脸上略施淡粉，雪白的衬衫领翻在绿色的确良上衣外面，两眼晶莹剔透，怎么看都像一朵亭亭玉立的白荷。因为时代的缘故，我们同桌已经三个多月了，说过话的次数，还未曾超过三次。

第一次是我的作业本掉在地上，由于家里穷，我穿的布鞋大拇指那个地方已经露出窟窿，正好连同作业本一起被荷看到，这使我很局促不安。荷说：“你的作业本掉地上了。”我假装没有听见，两眼直直地盯着黑板。见我不动声色，荷稍微挪动桌子，弯腰将本子拾起来，用手轻轻地掸了一下，顺手放到我桌子的右上角。我偷偷地看了她一眼，脸倏地一红，连个谢字都没敢说，双眼又朝黑板望去。

第二次是我在一节语文课上朗读茅盾先生的散文《白杨礼赞》，由于我天性爱朗诵，再加上之前已经阅读过几遍，故朗读起来就充满了韵味。当朗诵完最后一句，全班同学都情不自禁地对我报以热烈的掌声。下课时，荷悄悄地对我说了句：“我还想听你朗诵一遍。”我一怔，脸红红地回答：“你其实比我朗诵得更好！”荷的脸瞬间也闪过一点点的红。从那次以后，我的心好像已经装满了荷。这是不是初恋呢？

第三次就发生在秋游的路上。原定一个班一辆车，谁料早晨汽车公司少发来一辆，说有辆车发生故障，来不成了。无奈，我们班的学生只好分插在另几辆车上。我跟荷被安排在同一辆车上。人很多，大家拥挤在过道，人贴人，荷挨着我的后面。我怕挤到她，便努力和一侧的男同学挤着。车开动以后，由于路途颠簸，我的身体一次又一次地和同学碰撞着，有几次险些碰到了荷的前胸。荷没有说话，只是用涂了脂香的手绢不停地擦汗。忽然，一个急刹车，我的身子先是一个大大的前倾，而后又大大地来个后仰，重重地撞在荷的前胸上。我感到荷紧张地抽搐了一下，但她没有发出任何的声音。我不好意思地回头冲她看了一眼，荷轻声说：“没关系，你要是站不稳，就往我这边靠靠。”荷的声音不大，但已让我暖流涌遍全身。在接下来的路途，我放松心态，身子自然贴紧了荷，任汽车怎样颠簸，我们谁也不说话。多年过后，在我接触过的无数的女性中，我再也找不到当初与荷交往时的感觉了。

“红弟，你在想什么呢？”身后传来霞姐的声音。

“哦，我在想少年时代的一个女孩儿，她的名字叫荷。”

“我想那女孩一定很好看，不然你怎么会那样地专注，连我们的歌声都不听了！”

“对，那真是一朵漂亮的荷。我们已经二十余年不见了。”

“你很想她，她是你的初恋吗？”借着朦胧的月色，霞姐很好奇地问我。

“怎么说呢，就算是吧。不过我们之间从来没有表露过。”

“真正的爱情是不需要表露的，彼此留在心里该有多美。”

一只白鹭从远处的荷花中飞起，不知是我们的歌声惊扰了它，还是它受我们的刺激也去寻找它的那一个去了。我不再顺着霞姐的问话交谈下去，我对朋友们说，我给你们朗诵我的一首田园诗吧：“我站在田头看日落，落日的余晖把笑脸给你。晚霞捎走了你的愁绪，你留给月一个甜蜜。”

“哇，你什么时候写出这么美的诗？”童姐以前只知道我写散文、小说，乍一听到我的诗她自然感到惊喜。

“那是在我少年的时候，对什么事尚在懵懵懂懂中，突然有一天就来了感觉。”

“我想肯定与爱情有关。”童姐今天晚饭后在大海里畅游了两个多小时，她现在还处于兴奋状态。在我们六个人中，她唱的歌最多，且大都与爱情有联系。

“你说对了，刚才红弟若有所思，就是在想他的初恋。他的那个女朋友的名字就叫荷。”霞姐解释着。

“真的？太浪漫了。那后来呢？我是说荷的后来。”童姐开始追问。

“后来，后来荷成了别人的新娘。”我淡淡地回答着，但心里已经很不是滋味。

“不好，不好，霞姐，我建议我们六个人结成三对，彼此牵着手走，要不多遗憾哪！”

“我们已经都牵过手了。心灵之约。”霞姐非常认真地回应着，“你要是非想牵，我建议你跟红弟牵一下。”

“我们何止牵手，我还想来个拥抱呢！”说着，童姐向我伸出手，我们不仅手牵在一起，而且很温暖地真的来了个大大的拥抱。虽然时间只有十几秒钟，但我们已经能够感受到对方真实的温暖。我相信，真实是能感动一切的。

又一盏夜明灯划过天空，那些祈福的人还在燃放着他们的梦想。漫步在这南戴河的中华荷园，我不由得联想到曾经到过的西湖、太湖、微山湖、昆明湖，大凡有湖的地方都会有荷，有荷必然会有花，有花又怎能不产生爱情呢？但我总觉得，这荷花天生是为女人长的，大诗人杨万里在《红白莲》一诗中不是有“红白莲花开共塘，两般颜色一般香。恰似汉殿三千女，半是浓妆半淡妆”吗？我以为，这应该是最好的佐证。

相 思 无 因 见

时日已到仲秋了，南戴河的朋友打来电话说，再来荷园看看吧。我说，好啊，但不知荷园里的荷花是否依然盛开，我可不愿看到满目凋零的景象。朋友说，你那么喜欢荷花，为了迎接你，荷花们一致商量好了，一定会保持最好的容颜等待你。

南戴河的朋友就是这么热情，特别是 2009 年夏季我到南戴河中华荷园小住三日，写出了《女人的荷》后，文友们都说我终于有了成名作了。我当然也十分兴奋，在心里不止一次地感谢中华荷园。关于这篇散文，我写了创作谈《朱自清先生教我写散文》。文章发表后，许多读者、同行除了欣赏这篇散文的写作特点，更多的则是关心我文中所写的初中女同学——“荷”，她到底是谁？她如今过得怎么样？我们有无进一步的交往？

初恋，如果这也能叫作初恋的话，那一定会记录着我的伤痛。

此刻，仲秋的荷园清晨，我约上同行的女画家 DH 一起到此漫步。来荷园之前，我就对她说，你不是喜欢画牡丹、荷花吗？现在是八月末，看牡丹是不可能的了，但我可以带你去看荷花，你如果不到南戴河中华荷园，你就枉称画荷的丹青妙手。DH 人长得端庄大气，不染风尘，置身于五六百亩荷塘之中，俨然就是一株亭亭玉立的荷。由于前年来过的原因，我非常关心那些曾经熟悉的地方，以及我曾观赏过的名曰捻红、佛琴娜莉丝、洪湖红莲、尼赫鲁莲的花儿们，DH 则用相机不失时机地在荷花丛中发现属于她眼里的美景。看着DH 如此热情，我不由得想到了我少年的荷。

来中华荷园之前，我曾与荷做了短暂的相见。

这是一次 20 年后的相见。20 年前的夏季，我在农场担任工会干部。一天，机关通知下午二时到文化宫电影院看电影《开国大典》。我哪里会想到，自高中毕业后，我跟荷竟然在这里相遇。电影开演前 10 分钟，我随着人群找到自己的座位刚要坐下，想不到荷突然出现在我前面的座位上。当我们两个人四目相对时，谁也不知道说什么好。后来我问她：你是一个人来的，还是单位组织来的？荷说她的票是她妈妈给的。见旁边的座位还空着，我便试着对荷说，你能到这边坐吗？荷犹豫了一下，说：就这样吧，有机会我们约个时间再谈。荷的话让我感到很尴尬。

高中二年级时，我与荷一同参加了国庆 35 周年游行队伍集训的排练。训练的地方一会儿在学校的操场，一会儿在农村的场院，一会儿在部队的驻地，很是折腾人。当时，荷不会骑自行车，她只好频繁地搭乘同学的车。道近的地方还可以，可道远的地方就真够累人的了。就内心而言，其实我是很想接送荷的，可那时的中学生不要说男女共用一辆自行车，即便两个人走在路上一起说几句话，也会遭到同学的非议。尽管荷与我之间从来没有什么障碍，可在这样公共的场合，断然是不敢有过于亲近的想法和做法的。每当看到有同学载着荷从我身旁走过，特别是看到荷的有些幽怨的眼光的一刹那，我感到我的脸一阵发红一阵发热。现在回想起来，我很是自责，当初我为什么不能勇敢地承担起接送荷的重任呢？假如我能勇敢地去做，说不定我与荷就能真正地走上婚姻的红地毯了。

集训排练的中途，荷有两天没有来。班里的一个女同学告诉我，荷患了感冒。又过了两天，荷仍然没有来，这次同学没人告诉我荷的感冒好没好。作为集训排练的学生方队的队长之一，我完全有理由到荷的家里去探望她。可我没有去，甚至连去的勇气也没有。5 天后，荷终于出现了——不似往日的样子，而是以爆炸式新闻的形象出现了：接送她的是一个工厂里的青工。据说是荷父亲的徒弟。我看到后心情变得更复杂了，像打倒了一个五味瓶，内心非常痛楚。自那以后，荷就每天只坐那个青工的自行车了。与此同时，我的耳朵里则不断地被“荷和那个青工谈恋爱了”的议论所充塞。或许是由于精力不集中的原因，在走队列时，我几次走成一顺腿，不得不被教官处罚围操场跑 10 圈，而且被辞去了集训队长的职务。

这一切的一切都因为荷，都因为荷的不会骑自行车，都因为我为什么不能勇敢地去接送荷。

《开国大典》放映结束时，荷告诉我她在农场制药厂化验室工作。我说我经常到她们厂里检查工作，说不定哪天会在厂里碰到。因为有荷和她父亲的徒弟谈恋爱的说法，那天我没有问荷是否已经出嫁了。从此，我再也没有见到荷。虽然我多次到过农场制药厂，我也侧面向厂里的领导打听过荷的情况，可我最终还是没有去见她。

不久，我离开了农场，到市里的一家新创刊的报社工作。虽然离开了农场，但偶尔从同学的聚会中，我还能依稀听到关于荷的一点消息。再后来，随着农场企业纷纷关停并转，同学也就很少再聚会了。如今，都已经是过 40 岁的人了，似乎一切都已经成为定局。于是，在夜深人静的夜晚，许多少年时期的往事不由得像过电影一样浮现在眼前。我当然要想到荷，也不知道她过得怎么样。

我曾经给荷所在的制药厂打过电话，厂里的人说荷早就调离这个单位了。具体到哪儿，他们也不知道。我感到很失落，也很惆怅。

前几年，有同学又发起聚会。几次聚会荷都没有来。甚至有个别同学谈到学生时代的往事时，还提到我跟荷是如何天生的一对那样的话，也有同学猜测我现在一定跟荷生活在一起。这样的话让我心酸，那是多么好的想象与祝愿啊！可是，我眼下连荷的一点音讯都没有，真是急煞人了。

半个月前，几个初中同学小聚，有个同学突然问我：你多长时间没有见到荷了？我说，有 20 年了吧。同学戏谑地看着我说：想不想见？我说：你跟荷有联系？同学说他没有荷的具体联系方式，不过，几天前他在农场的一家超市买东西时看到了荷。荷说她在一家乡镇医药公司做销售。我说这就好了，那个乡镇的宣传部长跟我很熟，估计很快就能查到荷的电话。

听到荷的消息我感到很欣喜。第二天我就迫不及待地通过 114 查号台很顺利地查到荷所供职的那家医药公司的电话，又通过医药公司办公室查到荷的手机号码。当我拨通这个得来不易的千呼万唤的号码后，我特别期待着荷发出的惊讶的声音。

然而，荷的声音显得很平静。尽管我在 5 分钟内语速飞快地把我的情况一一告诉了她，可她并不急于告诉我她的近况。我对荷说：“我们尽快见面吧。”荷答：“我下半月很忙，要到医院要账。你还是哪天顺路过来再见吧。”我说：“你怎么能这么平静呢？老同学 20 年不见，你知道我想你想得有多么辛苦吗？”荷说：“那又能怎样！见面看到我的样子你会后悔的。”我说：“什么都不要讲了，你等我电话联系吧。”

我与荷相约在次日上午的 11 时。快到时，我告诉她在公交车站等我。这天天气很热，我想象着荷一定会像当年那样，穿着时尚的碎花连衣裙，左手拿着手绢，右手撑着遮阳伞，在路边翘首以盼地等我。我还设想，我们俩会不会像电影里那样见面彼此来个热烈的拥抱呢？哪料想，当我走下公交车时，发现车站四周竟一个人都没有，我误以为下错站了。抬头看看站牌，没错啊！我不禁看了看手机上的时间，现在已经过去了 10 分钟，难道她还没有到？我不由得拨通了荷的手机。荷说天气太热，她躲在不远的一家电器城里等着呢。

荷迎面向我走来时，我还真有点不敢认她了。比起过去，她显然胖多了，脸上少了粉黛，而多了些许的斑纹。而且，她的手里既没有拿手绢，也没撑遮阳伞，很本色地站在我面前。我不禁自问：这就是我昔日的同桌，老师让起立回答问题时用手遮住嘴巴的那个羞涩的女孩吗？我对荷说：“咱们先不急着吃饭，看附近有没有街心公园，我们一起走走吧。”

“为什么要到公园走走呢？不好吧？”荷的回答让我一怔。往常每当有朋友约我见面，如果时间尚早，我很喜欢同朋友一起到附近的公园或公路的林荫道去散步。那可是对生活的一种享受啊。

“难道你怕别人说什么闲话？我们可是快30年没见的老同学啦！”

“我可没你那么浪漫，中午吃完饭我还要出去要账。”

“我们能不能不谈工作，说点工作以外的事？”

“你哪知道，一个小时前公司还催我交货款呢！”

这就是生活。荷的真实让我感到她的生活压力很大，而且很乏味。于是，我随她到就近的一家餐厅。在上菜前，我把自己的诗集和一本收录《女人的荷》的散文年选送到荷的面前，并且对她说：“诗集你拿回家看，散文选中有篇我写的《女人的荷》是为你写的，有你的影子，你不妨先看看。”

荷接过书，随手翻了翻，我告诉她《女人的荷》在哪一页。荷翻到那一页，并没有如我想象的那样细看，只是简单地读了开头就把书合上了，然后问我：“你出几本书了？”我说：“8本。其中有一部长篇小说，里边也有你的影子。”

荷深深地看了我一眼，说：“你上学时作文就出奇地好，你今天能取得这么大的成绩，真为你高兴。”

“你这话说得像领导似的。你上学时学习成绩不也一直不错吗！如果不是赶上那个特殊年代，我们都能顺利考上大学的。”上初中时，荷是学习委员，我是体育委员，在班里排名我们总是前两名。

“你孩子上大学啦？”荷问。

“哪里，小学五年级。你的呢？”

“大学二年级，北京邮电大学。”

“好啊，你终于熬出头来了。”

“哪有头啊！孩子虽说考上大学了，可我明年就要退休，难道我45岁就变成老人了？”荷一脸的迷茫，望着我。我很清楚，荷从事的医药行业按特殊工种，可以提前5年办理退休手续。

“别担心，你会有很多事可做。譬如开个商店什么的。你不知道吧，咱们初中时的英语老师几年前就辞职下海了，现在是一家台湾食品公司在北京的总代理，业务做得可红火哩！”

“你又不是不知道我的性格，我能做得了那个吗？”

“让你爱人帮你啊。我忘了问了，你老公就是当年用自行车接送你参加游行集训的那个青工——你爸爸的徒弟吗？”这个问题在我心里萦绕了很久，我一直想知道个究竟。刚一见面我不好直接问荷，现在借助这个话题，我巧妙地问了出来。

“不是的。当初你们都那样猜。他倒是有那个意思，可我爸妈不同意。后来就不了了之了。”

“那你现在的老公是谁？”我有些迫不及待地想知道。

“是我在药厂的同事。过去总接我下夜班。”

“那你为什么要放弃国营企业而跑到乡镇上呢？”

“怎么跟你说呢？我的主管领导是个色迷，总是缠着我，我非常讨厌他。况且我和他的爱人都在一个厂里，成天低头不见抬头见。我找厂领导要求换岗位，可领导就是不批。没办法，我只好要求调走。”

“那你爱人呢？”

“他还在药厂。企业不景气，他也不怎么上班，白天睡觉、喝酒，晚上打麻将。我觉得很无聊，就养了两条狗，也算是排遣生活的空虚吧。”

荷的话让我提不起一点精神。我们这个农场，当年在全国农垦系统可是一面响当当的旗帜。而荷在初中、高中期间，也一直是班干部，学习成绩优异，而今却陷入了对生活的困惑与无奈当中。社会就是这个样子，你能抱怨谁呢？

好在荷的生活倒也无忧。她指着窗外远处的几幢正在建设中的高档住宅楼说，她婆家的房子赶上拆迁，按政策可以分给他们家两套房，按现行房价，少说也得价值五六百万。她最担心的是退休后没事干。我玩笑般地安慰她说："实在没好地方去，你就给我当经纪人，让我也体验一下当老板的感觉。"

荷听后苦笑了一下，说："你还是上学时的那个样子，总是那么开心、乐观。"

"生活就是这样，开心也一天，窝心也一天，人干吗跟自己过不去呢！服务员，买单！"

我跟荷走出餐厅时已是下午二时，以往这时我正在家睡午觉，而此刻，看着荷略显疲惫的身影，我多想让她在我的肩头靠一靠。可是，我能说出口吗？荷愿意吗？她敢吗？

"快过来，你看远处朦胧的阁楼多有意境，我给你照张相吧。"看到我立在荷塘前若有所思的样子，DH 用手指着阁楼的方向招呼着我。我顺着 DH 手指的方向望去，那荷塘中间的水道笔直地向远方伸去，而水面的尽头正是烟波浩渺中的阁楼，宛如海市蜃楼般美轮美奂。

啊，美丽的中华荷园，你竟是如此的仙境！

谈笑间，DH 无意中进入我眼里的镜头。她的柔发的右侧是依依的绿柳，身后是争奇斗艳的荷花，荷花中那一棵棵圆圆的莲子头好像一个个麦克风，随时准备着歌唱，歌唱这东方日出的黎明!

蓦地，我仿佛有了一种开悟：我与其反复去寻找当年的荷的原始美，莫不如抓住这身边瞬间的美。更何况眼前的DH就是我多年要寻找的美的化身呀！想到此，我的眼前豁然明亮起来，真的是“接天莲叶无穷碧，映日荷花别样红”了。

百 花 深 处

人的大脑就像坐标，横竖一交叉，就能准确地把你要记住的事物定位。我很佩服那些脑子好的人，以前总觉得自己记忆力差是因为学习不用功。现在终于明白，人脑的先天坐标精准度是有差异的。

半月前，我的文友、房山作家凸凹给我打来电话，说约我给他主编的《燕都》杂志写一篇关于房山印象的文章。我当时连想都没想，就说，没问题，十天内交稿。谁承想，第二天我就因身体不适住进了医院。我这个人，心里搁不住事，在医院治疗期间，我的脑海里一直在琢磨关于房山的印象。

还好，我的病友正好有一个与国际象棋大师谢军同名的人，他的工作单位就在房山的燕山石化总公司。晚上没事，我与他就一些与房山有关的话题拉呱，诸如周口店北京猿人遗址、石花洞、云居寺、十渡等。谢军问我，你第一次到房山是哪一年？我想了想说，是 1987 年，那一年我 20 岁。

其实，我对房山的最初印象是我在三四岁的时候。在 20 世纪 70 年代初，北京郊区的人们过的苦日子跟偏远的农村也差不多。1972 年，我家里要建房子，需要二百块钱。母亲在村里借了一圈，也只借到四五十块，无奈，母亲找到七八里地外的二姨家，希望二姨能给想想办法。二姨很痛快，从她家的衣柜里爽快地给取出二百块钱，说，这钱你们先用着，过一两年我家也要盖房子，你们急先用。母亲回来了，父亲多日紧锁的双眉豁然松开。我问母亲，二姨家咋那么有钱，母亲说，你二姨夫是工人，在房山的燕山石化上班，每月四五十块呢！从那时起，我就记住了，在北京有个叫房山的地方，那里的人有钱。

我正式接触房山人，是在 1984 年。那一年我上高中一年级。1983 年中考失败后，我没能如愿考上一所重点中学，只能在农场上普通高中。说是普通高中，前面还要加上“畜牧职业”四个字。这就意味着，我们毕业后将被分配到农场当畜牧工人。对于更多的农家子弟来说，我们毕业后就能到国营农场当工人，是一件令人非常羡慕的事。可我不这样想，我立志要离开农场。于是，在 1983 年的暑假，我拼命地写诗写小说，小说的题目叫《青春的答卷》，大约写了八万字，绞尽脑汁，实在写不动了。1984 年 1 月 15 日，我的第一篇小说《回乡》发表在《北京农场通讯》上，我的兴奋之情简直可以用范进中举来形容。我把样报拿给语文老师看，老师看后一脸灿烂，对我说，她教语文二十多年，我还是第一个写文章在报上发表的学生。老师把报纸分别拿到我们高一两个班，顺便也拿到高二两个班去让同学们观看。一时间，我成了学校的名人，师生见到我都爱主动跟我打招呼。我心里当然很得意，心想，当了作家就是不一样啊。

很快就到春节了。过了春节，我们高中两个年级有个小型活动，应该是足球比赛吧。我记得是在下午放学时分，打扫完卫生，我正要去操场看球时，高二（1）班的一位姓周的女孩儿正好走到我们教室门口，见四下没有别人，她猛地将一个纸团塞给我，脸一红就跑开了。在那个年代，男女同学之间是有界限的，不要说彼此聊天，即使在一起走路都要引起同学的起哄。我还好，因为是本校生，又长期担任班干部，对男女同学的事并没有那么敏感。男女同学之间写纸条的事我倒是听过，也曾在初三时目睹几个女同学为一个男同学争风吃醋大打出手的骇人场面。我不曾想到的是，今天的我也会遇到收纸条这样的事。女孩儿走后，我把教室的门关好，坐到最后一排，把纸团小心翼翼打开观看，只见上面娟秀的字迹写道：

> 我是高二（1）班的语文课代表周雪艳，兰老师把你发表的文章给我看了，我很羡慕你。我也喜欢写诗，希望我们能互相帮助。如果你愿意，我们可以保持书信来往，或者每天放学后到操场聊一会儿。

看着这张用单线本写的纸条，我的心怦怦乱跳，心想，这就是情书啊！

周雪艳人长得很端庄，个子要比一般女生高一些，留着两条长辫子，眼睛特别来电。她要跟你说话，你好像无论如何也不能拒绝。听他们班上的男生说，周雪艳学习特别好，可惜不是本地人。这里所谓的不是本地人，特指不是农场这一地区的。我们这个农场，建于 1949 年初，人口有五万人，其中农场下辖的五个农村分场（乡政府）人口就有四万多人。农场的人优点有很多，最大的缺点就是欺生、排外。我从小学到中学的十年，接触过不少借读生，他们在学校几乎都受过当地学生的欺负。

我跟雪艳的事没有告诉任何人。我们三天两头地互相交换作品，每一次见面除了交新作品，还要把对上次作品的读后感写出来。从雪艳的作品中我得知，她的家在房山县百花山的一个山村，每到春天，那里到处草长莺飞，百花飘香。她说，由于家里穷，父母就把她放在农场的舅舅家寄养上学。今年高考，她如果考上了，就上大学；如果考不上，就回老家帮父母种地。我鼓励她，只要努力，什么奇迹都会出现。在前后二十几封信中，我们俩丝毫没有触及爱情这个话题。我或她，也许内心很脆弱，生怕一旦触及这个词，就会把我们纯洁的友谊扼杀掉。如今想起来，那是多么纯洁而残酷的青春岁月啊！

五月过后，学校接到上级指示，为迎接国庆 35 周年，要我们高中一年级两个班同学到农场集训，训练游行方队。集训最初在学校边学习边训练，后来就停学到农场的操场练，几乎很少回学校。这样，就使我和雪艳见面的机会越来越少，即使见面了，也不能做到互换作品，只是找个话题随便说几句什么。

六月底，我们的集训非常紧张，常常是要练到晚上六七点才能结束。而雪艳呢，再有一个星期就要参加高考。我真替她捏一把汗。据我所知，我们是这所中学最后一期高中，以后就只有初中了。在我以前的连续七八届高中，没有一个正儿八经考上大学的，最好的是中专。我跟雪艳约定，不管她这次高考考得怎样，我们会一直做朋友的。

高考前三天的一天中午，雪艳托她的同学给我捎来一个口信，说下午四点在学校操场见面，她有话要对我说。那天中午，我找到训练的部队教员，问他下午训练紧张不，如果不紧张，我找老师请假，就说我生病了，提前回去。教员说，应该没问题，请假你们老师批就可以。本来一切都按计划进行，可谁想，下午两点，集训指挥部突然接到通知，市区国庆指挥部的领导要在四点到农场视察，要求三百人的方队必须保证人数，任何事情都不得请假。听到这个消息，我的心一下凉了半截，心里说，雪艳，对不起，我不能履约了。

等集训方队接受完领导视察，又对领导提出的不足进行改进训练后，时间已经到了晚七时三十分。我骑上自行车紧赶慢赶赶到学校时，学校的铁栅栏门早已经关上。我问传达室的大爷，您看见高中二年级的一个叫周雪艳的女生没有？大爷说，你是说那个高个子女孩吧，她好像六点多才从学校离开。我没继续问大爷，问了，大爷也不可能说出更多关于雪艳的话。就是说，从下午四点到六点，雪艳在操场竟然等了我两个小时，而我却一点儿消息也不能让她知道。

高考结束了。从兰老师的口中得知，今年高二的学生依然没有一个考上大学的。雪艳呢，自然也是落榜生。我真想跟她见上一面，好好安慰她，或建议她复读，明年再考。可是，自那个下午我未能履约后，她再也没有见我。想来，她是生我气了。最重要的是，她高考失败，她的命运也许真的就如同她的父母一样要继续在百花山劳作一辈子了。想到此，泪水打湿了我的眼睛，为雪艳，也为我自己，更多的是为我们这一代农家子弟。

多年后，当我以记者的身份到北京农村的先进典型——房山的窦店、韩村河去采访时，我很为那些村里的农民骄傲，他们虽然不离乡土，却在自己的脚下用勤劳和智慧创造了美好的生活。只可惜，我至今还没有去过一次百花山，可每次到房山，或者见到房山人，我都要有意无意地问，百花山那边的农民生活怎样？他们问我为什么这样问，我没细说，因为在我的内心深处，实在不愿把那个美好故事告诉别人。有时我曾设想，假如有一天，我来到百花山，中午在一个农家乐就餐，如果农家乐的女主人就是雪艳，那将是多么激动人心的一幕啊！亲爱的朋友，在此请别怪我多情，如果在你的百花深处，你也有一个如我一样的秘密，我相信，你比我还会想象呢！

溪水边

儿时的玩伴大毛早晨在群里发出帖子，希望大家周六聚一聚。我回复说，半月前大家才聚过，是不是太勤了？等过一段再说吧。大毛说，有些事可以等，有些事一天也不要等。我问：譬如？大毛沉默了一会儿，回答：村东头的吴奶奶走了，我们再也听不到老人家给我们讲鬼故事了。

大毛发来的信息让我感到很凄然。他所说的吴奶奶是个孤老太太，她家住在村东头，临近公路。在公路与她家之间，有一条叫作兰溪的水渠，能有四五米宽。小的时候，我们一帮小伙伴常猫在兰溪里抓鱼，那种鱼应该是鲫鱼，一指多长，用油焖着吃，或者给花猫吃，都是不错的选择。每当我们捉到小鱼，路过吴奶奶家门口时，吴奶奶就会伸手跟我们要上几条。起初我们是不愿意给的，也说过有本事你自己到溪里去捞呀那样的混账话。吴奶奶听罢，只好祈求般地说，你们就给我几条吧，不是我要吃，我给猫儿吃。见我们还不肯，她就说，你们给我小鱼，我给你们讲鬼故事听。

吴奶奶讲的鬼故事虽然吓人，可我们很愿意听。吴奶奶家养了好多猫，家猫、野猫、流浪猫，具体有多少只，恐怕连她自己也说不清楚。我和大毛到吴奶奶家看过，发现她家里除了养猫，还养着几只黄鼠狼。黄鼠狼并不怕人，白天都隐藏在一堆柴草下边。我们好奇地用木棍去敲打柴草堆，黄鼠狼便机敏地一溜烟跑走了。这时候，吴奶奶就会大声地呵斥我们，你们不许这样，如果惹翻了黄鼠狼大仙，家里会遭报应的。吴奶奶的话我们一点都不在意，心想，一个六十几岁的孤老太太能知道什么？她的话肯定是骗小孩儿的。

吴奶奶的话或许是有道理的。有几次，我们在吴奶奶家折腾完黄鼠狼后，当天晚上大毛和二鬼家的老母鸡就被黄鼠狼给拖走吃掉了。大毛说，黄鼠狼抓鸡的声音，是世界上最恐怖瘆人的，其凄惨的叫声能把人的尿给吓出来。我回家把这话跟我父亲讲了，父亲说，没那么邪乎。真有一天黄鼠狼偷咱们家鸡，你看我怎么收拾它！

我相信我父亲是个大英雄。我看过他在村子场院上给好几百社员讲政治形势的样子，他高挽着两个蓝袖筒，站在几块土坯搭成的讲台上，口吐莲花般一讲就是一两个小时。社员们听得聚精会神，连撒尿那样的大事都给忘记了。可是，我万没有想到，在一个漆黑的冬夜，父亲的英雄形象一夜之间在我心中蒸发了。

那天深夜，大约十一时的光景，我在月色中，从玻璃上隐约看到有个人影在我家院墙上一晃，接着，便传来我家大黄狗的狂吠。我看了看一旁熟睡的父亲，心里盘算要不要唤醒他。父亲是村上的贫协主席，兼着治保主任，他的出现，一定会令那个在院墙外鬼鬼祟祟的贼人吓得抱头鼠窜。可是，父亲他睡得死沉，鼾声如雷。无奈，我只好强忍着怦怦乱跳的心，静静地观察接下来还会发生什么动静。十几分钟过去了，那个人影又出现了，大黄狗愈加地狂吠不止。母亲似乎感觉到了什么，她摇了摇父亲的后背，压低声音说，他爸，快醒醒，大黄都叫半天了，外边是不是有什么人？父亲这次显然也被吓了一跳，他撩开被子趴在窗前往外察看。母亲见状，喊道，还看什么看，赶紧出去呀！父亲迟疑了一下，说，别急，看清楚再说。母亲急眼了，抄起炕边的笤帚，快步走到堂屋，一把推开房门，冲着院里喊道：有贼啦！快来人抓贼啊！

院里没有贼。有贼，不是人，是一只黄鼠狼，那凶狠的家伙用嘴巴死死咬住一只老母鸡的脖颈，在拼命地往墙头上爬。母亲这时已不知所措，她一边呼喊一边将手中的笤帚投向黄鼠狼。黄鼠狼并不怕母亲，它继续撕咬着老母鸡，还不失时机地放了几个臭屁。母亲气急了，她跑到屋檐下，拿起一把铁锹，冲向黄鼠狼。这时，黄鼠狼有点被震慑了，嘴里叼着一撮鸡毛，狼狈地窜墙而逃。母亲拾起奄奄一息的老母鸡，不禁失声痛哭起来。直到此时，父亲才趿拉着拖鞋走出房门，他冲母亲笑着说，看一只黄鼠狼把你吓的，我还真以为来了贼呢！看到自己的男人关键时刻不能挺身而出，反而说着风凉话，母亲的火不打一处来，吼道：住嘴吧你！谁家男人像你似的，遇到事让老娘们儿往前冲，这辈子跟你算是倒霉到家了。

从那个惊心动魄的夜晚后，我和大毛几个小伙伴再也没有到吴奶奶家去骚扰黄鼠狼了。黄鼠狼真的很有灵性呢！

吴奶奶并不完全是一个孤老太太，她的侄子吴三宝就住在她的西院。吴三宝从小游手好闲，去年因偷盗农场果园的苹果被公安局抓走劳动改造三年。吴三宝的女儿吴晓雅跟我们年龄差不多，人长得漂亮，不过我和大毛不大喜欢和她玩。这不赖吴晓雅，那时候我们正热看印度电影《流浪者》。电影中法官说过的一句话对我们影响很大：法官的儿子永远是法官，贼的儿子永远是贼。印象中，好像有一个小男孩曾当着吴晓雅的面说过这句话，吴晓雅说她没看过电影，她才不相信法官会说出那么混账的话来。我没到过吴晓雅家，她妈长得像水葱，成天地在男人间浪来浪去。不过，村里的男人一般不敢招惹她，即使吴三宝被劳教的日子。

吴晓雅对我或者我们家是仇恨的。她认为她父亲被公安局抓去劳教，是我父亲告的密。她不止一次地瞪我，那眼神儿里有怒火，恨不得把我烧死。我也不止一次地告诉吴晓雅，她父亲的事跟我父亲一点关系都没有。吴晓雅说她才不相信呢，她好几次看到警察到我们家串门儿。为这事我问过我父亲，吴三宝被抓是不是你告的密？父亲说，才不是呢，是吴三宝自己跳铁丝网到果园里偷苹果，让护青的工人给发现了，他不但不认错，还用镰刀把一个护青的工人给砍伤了。结果，果园管理人到公安局报了案，吴三宝他是咎由自取，罪有应得，我看关他三年还是轻的，最好无期，省得再出来干坏事。

父亲的话我没有告诉吴晓雅。我觉得吴晓雅挺可怜的。有几次我和大毛到兰溪去摸小鱼，吴晓雅就像跟屁虫似的悄悄地尾随在我们后面看。大毛说，吴晓雅老跟在咱们后边，多碍事啊。我说，没事的，她看她的，你抓你的。大毛说，吴晓雅长得跟她妈一样浪，我打老远一见到她心里就狂跳不止。我看了看大毛，他也看了看我，我加重语气说，大毛你不要脸，你肯定学坏了。大毛说，我告诉你一个秘密，不过这秘密只有咱们俩知道，你要答应我保密，我才能告诉你。

大毛告诉我，有一天在村后的场院里，他发现吴晓雅的母亲和村上的瘸姑爷在稻草垛里抱在一起。他不明白，以吴晓雅母亲的模样，什么样的好男人找不到，怎么就偏偏和瘸姑爷好上了呢？他最感兴趣的还不是这点，他觉得最让他激动得想大叫的是看着那稻草垛一颤一颤发出的沙沙声。也就是从那一刻起，他开始幻想某一天能带着吴晓雅一起也钻进那稻草垛里去享受那一颤一颤的美好。

我总觉得大毛要出事。大毛早晚一定出事。

第二年的秋天，天气凉得早，虽然刚刚入秋，兰溪的水却出奇地凉。放学后，我和大毛、吴晓雅路过兰溪，兰溪的水明显比平日湍急了许多。我们找到一处浅流，溪水中间露出几块石头，我和大毛蜻蜓点水般几下就过去了。等我们到了对面坡上，回头看吴晓雅还在原地打转转，我和大毛喊，吴晓雅你倒是过来啊！吴晓雅望了望我们，又看了看溪水中的石头，说，我——我怕！大毛不屑地说，你怕个啥啊？你用脚尖轻轻一点石头，另一只脚马上踩过去，两三下就过来了。大毛说得很轻巧，可吴晓雅就是不敢过。她看了看远处的木桥，说，我还是从桥上过吧。我说，吴晓雅你等等，我帮你过来。

没等我走向溪边，大毛跑着去接吴晓雅。他一只脚踩在石头上，同时伸出手准备拉吴晓雅的手。吴晓雅犹豫了一下，哆嗦着身子走向溪水里的鹅卵石，第一块还可以，可当另一只脚踩到石头后却脚下一滑，身子一下歪向溪水，这时，大毛已经顾不得鞋子湿了，他一脚踏进溪水里，顺势将吴晓雅抱在怀里，或许是吴晓雅的体重太沉了，大毛脚下一出溜，他们二人都倒在溪水里。吴晓雅用手一个劲儿地拍打着水，大喊：救命啊，救命啊！见状，我也顾不得脱鞋，跳到水里，将他们二人拖起来，嘴里不停地劝慰着，没事的，不就弄湿了衣服嘛，回家洗洗不就行啦！

吴晓雅从大毛的怀里挣脱出来，泪水打湿了她的脸颊。她低头看看自己略微隆起的胸脯，又抬头看看愣呵呵的大毛，忽然莫名地笑了。我和大毛都蒙了，按常理吴晓雅应该哭闹才对，可是她居然笑了。我问吴晓雅，你为什么笑？吴晓雅得意地说，我喜欢让大毛抱，那感觉酥酥的，你体会不出来。吴晓雅的话让我无地自容，我不知道该如何面对这个和我年纪相仿也就十一二岁的女孩。大毛听吴晓雅这样一说，也感到很突然，他既不相信自己的耳朵，也不相信自己的眼睛，他不由得问了一句，吴晓雅，你说你喜欢被我拥抱的感觉？吴晓雅用手把前额的头发往旁边一顺，说，对呀，我就喜欢你拥抱我的感觉，你不是一直想拥抱我吗？你如果喜欢，我天天让你拥抱。你来呀，来呀！

吴晓雅的举动让我大跌眼镜，不，我还没有戴眼镜。我心里不由得问自己，这是吴晓雅吗？一夜之间她怎么变成这个样子了？我感到失望，近乎绝望的失望。

兰溪，你还是那条欢快的一路叮咚作响的兰溪吗？

平淡的日子过得就是快，转眼过去一个多月了，我和大毛、吴晓雅的关系也发生着微妙的变化。过去，我们经常一起上学，放学，一起到兰溪边去玩耍。现在不行了，我们几乎不在同一个时间、地点出现，吴晓雅和我见面不再说话，我和大毛哥们儿之间也有了隔阂。而大毛和吴晓雅也根本不在一起，他们之间几乎不说话。我一直想和大毛深入地沟通一下，可大毛总是故意回避我。

我们三个人始终没有把那天发生在兰溪的事说给任何人听。

我们快上初一的那一年，吴晓雅的父亲吴三宝被提前释放了。他这个人游手好闲惯了，他不会像村里的其他男人那样去弄块地种种，他喜欢给别人找项目，跑供销。村上的人说，吴三宝天生就长着能把死人说活了的嘴。不到一年的时间，吴三宝发迹了，他不仅自己翻盖了房子，还买了一辆汽车。不过，吴三宝没有找小蜜，不是他不想找，是他没那个欲望。这话不是别人说的，就出自吴晓雅的母亲。

自从大毛告诉我吴晓雅的母亲和村上的瘸姑爷好上后，我就有意无意往村后的场院跑。我想亲自看一看吴晓雅的母亲跟瘸姑爷究竟是怎么样的好法。可是，我一连去过数次，一次也没有看到吴晓雅的母亲和瘸姑爷。我觉得，这事出在大毛身上。他当初太喜欢吴晓雅了，他想得到吴晓雅，又不知怎么做才好。他做梦都想着吴晓雅像她妈那样浪，那样，他就可以接近吴晓雅了。

事情终究会有它的结果。我们上中学的第二年夏天，我和大毛等几个男孩在兰溪里光着屁股洗澡。忽然，有个伙伴冲我们喊，警察，警察！循声望去，只见我父亲和派出所的几个警察从警车上下来直接往吴三宝家走。我想叫我父亲一声，可又怕被警察听见，只好默默地等着他们出来。也就五六分钟的样子，吴三宝被警察扣上了手铐，垂头丧气地从家里出来。吴晓雅和她妈哭喊着，不要把人带走！警察才不听这一套，几下就把吴三宝推进了警车，然后和我父亲打了个招呼，便呼啸而去。

吴晓雅真的急疯了，她不顾一切地撕扯着我父亲的衣服，嘴里喊道：你让我爸爸回来！我父亲任凭吴晓雅和她妈妈谩骂、撕扯，他只是劝慰着：三宝事惹大了，我也没什么办法。

我们不敢在兰溪里再游泳了。我们悄悄地穿好衣服，各回各的家。回到家，吃过晚饭我问父亲，吴三宝怎么又被抓起来了？父亲说，吴三宝在瘸姑爷回村的路上把人打了，好像是用菜刀把瘸姑爷的一条胳膊给砍断了，人躺在医院里不知死活。我说，吴三宝干吗下手这么狠呢？父亲说，据吴三宝交代，是他发现自己的媳妇背着他和瘸姑爷好过。他是听村里人议论时知道的。这个吴三宝，倒有几分血性。可我搞不明白的是，他为什么不用菜刀砍自己的老婆呢？我父亲说，这里边有深层的原因，你现在小，等你长大了再告诉你。

父亲的秘密不到一个月就被村里人说出来了。吴三宝被劳教的那三年，他媳妇拉扯着吴晓雅过那份穷日子也不容易。瘸姑爷是城里人，在一家皮鞋厂工作，因为身体原因，在城里很难找到媳妇。后来，经一个远房亲戚介绍，与我们村上的一个姑娘好上了。姑娘虽好，但不能生育，瘸姑爷还不能往外说。一天，吴晓雅的母亲在半路上遇到瘸姑爷，随便搭讪了几句后，她就知道了八九不离十。于是，她就告诉瘸姑爷，她有办法治疗那女人不育的毛病。瘸姑爷信以为真，便有意无意去吴晓雅家，三番五次，吴晓雅的母亲便和瘸姑爷好上了。他们这样做有几个好处，一是遮人耳目，没人相信吴晓雅的母亲会看上瘸姑爷。二是瘸姑爷每月可以从工资奖金里给吴晓雅娘儿俩一些贴补。起初，瘸姑爷有点惧怕吴三宝，说这事如果让吴三宝知道，那三青子还不得把他的另一条好腿打瘸。吴晓雅的母亲说，你不用管，你别看吴三宝人高马大，他那方面早就不行了。这几年他亏欠我的多了去了。

话是这么说，吴三宝毕竟是有血性的男人。他对吴晓雅的母亲可以不用，但绝不允许别的男人占用。这有点吃不到葡萄说葡萄酸，可谁又考虑过葡萄的感受呢？

吴晓雅和她的母亲在村上没法再生活下去了。吴晓雅的舅舅在深圳开了一个公司，正缺少人手，吴晓雅的母亲就带着女儿到了深圳。我和大毛与吴晓雅毕竟是一起长大的玩伴，我们两个知道吴晓雅和她母亲要去深圳的消息后，都有点魂不守舍。大毛说，吴晓雅走了，我可怎么办？我说，她毕竟才初二，说不定过几年还会回来的。大毛说，将来吴晓雅长大了，她要是和别的男孩好上，那我可就哑巴吃黄连有苦没地方说去了。

我一度想给吴晓雅买一份礼物，或者给她写一封信，说明她父亲的事跟我父亲没有直接的关系。要不就干脆挑明，父亲是父亲那辈子的事，我们只管我们的友谊。我承认，我的内心是一直喜欢吴晓雅的，其程度要超过大毛。

吴晓雅终于走了。她们是什么时候走的，只有吴奶奶家的黄鼠狼知道。据说，吴晓雅她们走的前一天晚上，吴奶奶一个人在昏黄的灯光下坐了一夜。她反复地重复一句话，我的雅走了，我的雅走了。

多年以后，当吴晓雅以香港某公司驻北京办事处负责人的身份重新回到村上看吴奶奶时，我们才见了面。这时，我已经在中央某新闻单位做了近二十年的记者。在一次电话交流中，我问她，你还记恨我父亲吗？吴晓雅说，过去的事情责任都在我父亲，你父亲带警察抓我父亲，那是他的工作。他不去，换别人也得去。我又问，你当初在兰溪为什么希望大毛拥抱你？吴晓雅说，因为我恨你。我说，是因为我父亲吗？吴晓雅说，不是，我恨的是明明你有条件跑在大毛的前边，你为什么不敢伸出手救我？

吴晓雅的话，让我险些把手中的电话扔掉。我做梦都没有想到，三十余年来，她的内心里一直深埋着这样一个情结。此刻，我真想对她喊：让我们重新回兰溪吧！然而，我只是张了张嘴巴，终于没有喊出来。事实是，真实的兰溪在多年的公路施工中，早已被渣土填平。而我梦中的兰溪，将永远是梦中的兰溪了。

女大校那一天抹了红指甲

阿里于我的童年是陌生的。等我在中国地图青藏高原橙黄色的板块上看到它时，我已经快二十岁了。那一年，我在一本文学刊物上看到毕淑敏写的中篇小说《昆仑殇》，再后来，因为地委书记孔繁森的殉职，我对阿里充满了无限的想象和真诚的敬意。

这些年，在内地人非常热衷于房产、保健、减肥、股市时，我的目光一点也没敢离开西部。特别是 1996 年 7 月，我跟随解放军总后勤部的部分作家到青藏线采访后，我的心灵告诉我，记住那里的美丽风景吧，记住那些满脸高原红的兵吧。

我接触过许多从高原上下来的官兵。2002 年 10 月，我和作家石英到济南开会。第二天，我们在去泰山的路上，开车送我们的司机从我们的聊天中，得知我去过青藏线，他插话说，他就是从青藏线复员回来的兵。我侧过身，看了看他的脸，显然已经没有了高原红。我问，你复员几年了？他回答，快五年了。或许因为我们都有高原情结，一路上我们说了很多的话，都是关于雪域高原的话题。

我告诉司机师傅，我的老师、军旅作家王宗仁，就是从青藏线走出来的作家。他曾经一百余次翻越唐古拉山，从事文学创作五十多年，大部分写的都是青藏线题材。司机师傅说，他知道王宗仁老师，不光他知道，青藏线的很多官兵都知道，他们经常说王老师如何如何，仿佛王老师就生活在他们中间。从山东回到北京后，我把司机师傅的话转告给王宗仁老师，他笑着问我，你没问问那个战士叫什么名字？他从高原上下来身体是否适应？我不好意思地说，聊着聊着时间就过去了，给忘了。

多年以后，我再去济南，过去接待我的朋友已经退休。我问他昔日送我们去泰山的那个司机怎样，领导说，他已经去世了，肝癌。我没问那个司机师傅生病的原因，我知道，长期在高原生活的人，由于气候和营养问题，很多人都患有癌症。那一天，我很难过。

前年底，某个寒冷的冬夜，一个来自阿里的电话把我从梦中惊醒。看着陌生的电话，我心想，这该是谁呢？不等我先说话，一个轻柔的女声传过来：您是红老师吗？我是阿里的汪瑞。汪瑞？我并不知道这个名字。我说，你好，我是红孩，有什么事吗？汪瑞说，我刚出版了散文集《当兵走阿里》，总政艺术局的李干事让我给您邮寄一本，说您是散文家，想让您看看，帮助指点一下。我一听书名，就知道这个汪瑞是个不同寻常的女兵。二十年来，由于工作关系，我经常到部队，跟很多部队作家成了要好的朋友。其中不乏女将军、女大校，至于小女兵就更多了。在我的朋友圈子里，没有人不相信我曾在军营生活过。记得有一年，我到总后开文学创作会，当介绍我时，一位首长开玩笑说，红孩不是外人，他是我们总后未来的女婿。

我让汪瑞把书马上邮给我。她这时才想到时差问题，她歉意地说，对不起红老师，现在是晚上十一点，在北京已经是深夜了，可我们这里才相当于九点钟。我说，我理解，你只要想打，几点都可以。

几天后，一本崭新的《当兵走阿里》由解放军文艺出版社邮来。封面是汪瑞穿着军装，背着药箱，骑马穿行在阿里雪域高原的照片。再看内文，是十几篇写高原军人生活的散文，我迫不及待地读起来。

汪瑞生于 20 世纪 60 年代，父母都是军人，她十五岁参军，现在是研究生毕业，军衔为大校，曾当选为全国人大代表。十五年前，她曾在大军区医院工作，一次偶然的机会，她毅然报名下基层到阿里军分区的一家医疗机构，从事官兵的心理咨询工作。

我见到汪瑞是在去年春天她到北京的鲁迅文学院学习期间。记得第一次我们相见时，她没有穿军装，而是上身着一件乳白色的羽绒服，个子高高的，齐耳短发，戴着近视眼镜，说话细声细语的，跟电话里的、书里的那个女大校判若两人。我送给汪瑞一本我和铁凝共同完成的《铁凝散文精品赏析》一书，并对她玩笑道，哪天你见到铁凝主席，你让她在扉页上也签个名，这样你这本书就有故事了。

由于正逢全国两会期间，我问汪瑞这次为什么没去开会。她告诉我，这届她已经不再担任全国人大代表了，不过她到代表驻地去拜访了上一届的代表朋友。我问她当代表的最大感受是什么，汪瑞说，她从西部边陲到大都市开会，感觉自己是那样的孤独与陌生，她记得第一次在代表小组讨论时，当人们大谈房价物价车改时，她想到的却是高原军人的生存问题。

这就是都市与边疆的差异。汪瑞缓缓地说。

那一刻，我感到浑身一阵战栗。这么多年来，我们每天为这为那忙啊，可我们真正地想到过那些“高原红”吗？记得有一次，在某个文人相聚的场合，一个从国外回来的作家说，看看外边的世界，想想那些在边疆站岗的兵们，真是不值得啊！我听后再也不能容忍，我愤怒地吼道：请你闭嘴！你对边疆军人究竟了解多少，竟敢在这里胡说八道。我不管你多么有名气，国外多么宠你，可现在我非常地鄙视你！

一个月后，第六届全国冰心散文奖开始评选。在参评的作品中，有四部是写青藏高原题材的。其中有个女作家曾经独自开车到青藏线去了十五天，回来后她写了一本书。这个女作家和我认识多年，她知道我主要负责冰心散文奖，就打电话给我，希望我关注她。如果说这次没有汪瑞的《当兵走阿里》，我肯定要力挺她的。可是，汪瑞出现了，我该怎么办？经过几次内心的纠结后，我对那个女作家说，你虽然去得很辛苦，写得也很辛苦，可是我现在不得不告诉你，有一个女大校，她在阿里生活了十五年，她不幸得了绒癌，她用生命完成了一本书，不论从哪个角度，我的票都要投给她。如果不投给她，我从感情上做不到。听罢我的话，女作家沉默了一下说：我理解了，如果我是评委，我也把票投给女大校。

过了五一，汪瑞他们这期鲁院研修班就该结业了。她打电话给我，说在离开北京前我们要见一面，她似乎有很多话要说。我们约定在鲁院路南的一家四川火锅店见面。我是提前十分钟到的，在我低头玩手机时，汪瑞悄然来到我对面，她今天刻意打扮了一下，通身穿着白地蓝花旗袍，脚上踩着高跟鞋，简直可以用亭亭玉立来形容。我冲她戏谑道，你是来相亲的吗？汪瑞略带羞涩地问：你觉得我漂亮吗？我说，漂亮，非常漂亮。汪瑞在我对面坐下，我觉得她这身打扮要是不坐在热气腾腾的火锅面前或许更合适，可是既然已经来了，只可顺其自然。

在和汪瑞聊天时，我注意到，她的手指全都染了红指甲。我知道，按部队规定，女兵是不可以染发、抹红指甲的。汪瑞见我好奇，她得意地把红指甲在我面前晃，我能感觉到，她很珍惜现在的自由，无拘无束。再过一个星期，她又该回到阿里，在那里，她必须长年穿着军装，由于她的军衔和军分区司令员一样高，因此，她每到一处，人们都把她看作是首长。我对汪瑞说，既然你喜欢成为自由的女人，那你为什么不转业呢？汪瑞看了看我，她坚定地说，不，我决不离开部队，我喜欢雪域高原，我离不开那些战友！

好一个女大校！从她的身上我看到了共和国女兵的力量。转眼汪瑞离开北京已经一年多了，这期间我们经常发短信通电话，有一阵，她一直没有音讯，我真担心她出了什么意外。后来，她告诉我，她代表我方参加和某外国军队的定期会晤去了。我想，在外国军队面前，英姿飒爽的汪瑞一定会给外国军人一个惊喜。在我的心里，汪瑞一直是最棒的。

回 首 香

黎姐的女儿从美国回来了，带着她的男朋友，同样是在美国留学拿到了绿卡。一个月后，黎姐用特快专递将女儿女婿的婚柬送到我家里，并且打来电话叮嘱我这个做舅舅的一定要出席。

认识黎姐的女儿燕儿时，她还只是个小学生。那时的黎姐尚不是教授，她刚刚调到北京一所职业技术学院当讲师。黎姐人长得漂亮，和她老公老马都曾在内蒙古插队。20 世纪 80 年代知青返城，他们纷纷通过自学考试取得本科学历。我们最初的相识，是在一次文学讲座上。我们的座位挨着。20 世纪 80 年代中期，文学很热，文学讲座几乎每周都有。我们去的地方是朝阳区文化馆，讲课的老师都是名家，如艾青、丁玲、袁鹰、萧军、陈建功、郑万隆等。在连续两个多月的讲座中，我和黎姐、马哥成了好朋友。其时，他们俩已经结婚。

马哥很帅，每次他们俩来文化馆，都是马哥骑着摩托车，黎姐坐在后边，双手抱着马哥的腰。看着他们亲近的样子，让我这个十五六岁的懵懂少年十分羡慕。心想，如果将来我也有这样浪漫的婚姻，该是人世间多么幸福的事啊！

我那时在北京东郊的农场中学读书，毕业后分配在农场担任团委书记。或许由于我的某次发言，或许由于我的单纯，黎姐他们很看好我这个小兄弟。有一年的冬天，马哥竟然骑着摩托车和黎姐从中关村到农场来看我。要知道，当时的北京三环、四环、五环还都没有建成，他们来的直线距离少说也得有七八十公里。听说城里来了两个朋友，而且都是中学语文老师，这让身为农民的父母很紧张。我对爸妈说，你们不必这样，他们都很随和，跟咱们农场当年的知青没什么两样。父亲听后说，这就好，这就好。

20 世纪 90 年代初，我由农场调到城里的报社。黎姐知道后很是为我高兴。我虽然最初只跑新闻，但对副刊还是很关心的。很多过去的文友，经常把自己的习作邮给我，希望能推荐给本报副刊发表。在进城后的第一家报社工作的一年多，以及以后我又接连调到几家报刊工作，包括如今我主持报纸副刊的二十多年时间，黎姐从来没有给我投过稿，也没推荐过其他人的作品。我们的交往始终保持着当年的纯洁与温暖。

新世纪初，一天黎姐把我叫到家里，她痛苦地对我说，她想跟马哥离婚。我惊讶地问她为什么，黎姐说马哥已经不在学校教书，他下海经商了。我说，不应该啊，再有几年你们就快退休了，有什么想法等过几年再说呗。黎姐说，你马哥不听，他和一个女孩走了。我听明白了，马哥有外遇了。我问黎姐，除了离婚，你就没有别的选择吗？黎姐说，我也说不好，今天把你找来，就想让你帮我拿个主意。

我不好直接表明态度。我向黎姐提出一个问题，假如你今天下班遇到车祸，把你的腿摔伤了，你给马哥打电话，他恰好又和那个女孩在一起，你说他会回来吗？黎姐不假思索地说，他当然要回来管我，我们是夫妻啊！听了黎姐的回答，我觉得释然了，就说，我建议你还是冷处理为好，给马哥一点儿时间，他也许会回头的。

半个月后，黎姐给我打来电话，说她跟马哥还是协议离婚了。马哥净身出户，不过马哥承诺他会一直负责女儿今后所有的费用的。

事情本来就这样结束了，我也不好再说什么。从那以后，我跟黎姐就很少联系了，只是年节互相发个短信问候。去年高考前夕，我的一个同学的女儿要报考黎姐现在所供职的大学，问我这个学校的有关情况，于是我约黎姐见了面。尽管黎姐已经成了教授，精神状态也很好，但透过她的鱼尾纹，我还是隐约能发现她内心的伤痛。问过有关高考招生的事后，我问黎姐，你和马哥联系多吗？黎姐苦笑着说，多，他毕竟是孩子的父亲啊！而且，我们是同一届的高中同学，一起去的内蒙古兵团插队。我又问，马哥和那个女孩结婚了吗？黎姐说，结了，可是不到一年那女孩儿就把马哥的一笔钱卷走跑了。我说，跑了好啊，这样你们不就可以破镜重圆了吗？黎姐说，我不想原谅他，他太让我伤心了。

黎姐的话让我沉默不语。忽地，我突然想到一种内蒙古的浆果植物。于是，我问黎姐，听说草原有种叫“回首香”的植物，你知道吗？黎姐眼睛一亮，说，当然知道。那种植物长出的浆果类似蓝莓，秋天的时候吃它是涩的，等到冬天的时候再吃，它就变得很甜了。插队时我们经常吃。

既然黎姐知道回首香是何物，我想我再说多余的话就没有必要了。黎姐在我心里终究是个聪明而又温暖的人。

与北戴河相关的几个人

在机关工作的人，夏天再热也不让穿跨肩背心。所谓跨肩背心，就是没有袖，只有两条带搭在两侧肩膀上。但到了家，您就随便，哪怕光膀子也没人管。

今年夏季，在早晨上班的路上，我多次见到一个穿着跨肩背心的人。不过，他不是机关里的干部，他只是一名普通的园林工人。确切地说，他是从外地招进来的农民工，既没有正式的北京户口，也没有固定的单位。他的任务，就是给社区道路两侧的闲地绿化，种草种花，剪枝浇水打药。往常，人们是不会注意他这样的小人物的，即使注意过，也仅仅是匆匆地从眼前一掠，绝不会留下什么深刻的记忆，更不知道他是老张还是老李。

姑且就把眼前的这个穿着跨肩背心的人称为老李吧。他个头不足一米六，皮肤黝黑，阳光下映着汗渍渍的油亮，后背有些佝偻，仿佛一辈子就没直起过腰。黑色的裤子，屁股上沾着草腥味的泥土。裤脚高挽，双脚套着绿色的解放胶鞋。从我看到他那天起，他给我的记忆一直是蹲在地上没完没了地种花、薅草、剪枝。但有一次，我真正地看到了他站起身子的样子——那是在往汽车的后槽厢里装清理过的杂物。我清晰地看到他并不宽厚的胸脯上，罩着泥土色的背心上印着三个抢眼的红色大字——北戴河。不用说，这背心一定是从北戴河带过来的，它与北戴河有着千丝万缕的联系。

我猜想，这印着“北戴河”字样的背心与老李该有着怎样的关系？第一，老李去过北戴河。如果去过，他是以什么样的身份去的？是村里的干部、老党员，还是在北戴河当过兵，或者他是园林工人中的优秀农民工代表到北戴河疗养过？第二，老李的儿子到过北戴河，他是工厂里的先进工作者、科研人员，或者是当兵期间到过地震、洪涝灾区，立过功，到北戴河去疗养。也许是先进教师，长期扎根在偏远山区。第三，是老李亲属给他的，或者就是园林局某队长、班长给他的。还有一种可能，园林局组织正式职工到北戴河疗养，组织者在印制背心时多印了，顺便拿出一件给老李。也许老李知道这世界上有这么个旅游度假的胜地，也许他从来都不知道。反正这件印着“北戴河”字样的背心穿在老李身上，你怎么想都觉得它不协调。既然穿在老李身上不协调，那穿在什么人身上才协调呢？穿局长、处长身上？不可能。穿专家、学者、演员身上？也不可能。穿“80 后”“90 后”身上？那就更不可能。看来，只有穿在新农村建设中的新农民身上——他们的房屋和土地大都被征用、腾退、转让了，对，他们身上银行卡账户里有的是钱，他们最有可能去北戴河度假旅游。

那么，老李会是新农村建设中的新农民吗？假如他是，他的手里一定有不小数目的存款，他又何必到北京城里当农民工呢？假如他不是，那他的那件印有“北戴河”字样的背心究竟是怎么得来的？从未与我讲过话的老李，留给我许多的想象。

其实，在北京城穿印有“北戴河”字样背心的人，绝不止老李一个人。我的家里至今还保存一件印有“到北戴河看大海”字样的白色 T 恤衫。

十年前，我在京郊农场工作的一位老领导给我打电话，说他们想邀请一些老工友到北戴河疗养。我说，这是好事啊，你们有什么具体的安排吗？老领导说他现在已经退居二线了，农场眼下经济不景气，恐怕拿不出钱供职工疗养，不知我能否找个北戴河的关系，少收点费用，他们准备自费去。我说，这不难办，不知有多少人。老领导说也就十几个人，他们曾在一起养过牛，挤过牛奶，如今都奔六十上下的人了，趁年轻，抓紧出去转一转，再过几年即便想出去也难了。

老领导的话很是令人心酸。我在农场工作六年，昔日很多高中同学都分配在农场的鸡场、鸭场、牛场、猪场、渔场工作。如今，由于企业不景气，很多单位都在进行改制、转产，许多职工都被买断工龄，自谋出路。我的师傅曾含泪对我说：过去的国营农场，在全国是三十六面红旗单位，虽然挣钱不多，但人活得充实，有朝气，有尊严。现在成了下岗工人，你说这叫什么政策啊！对此，我能说些什么呢？不是我不能很好地解释政策，也不是工友们没有国家意识，可你说得再多，他们只坚信一条：企业倒闭，让工人回家，至死也不能接受。

我把所有在北戴河的关系过滤一遍后，找到一家培训中心的主任，他是我的一个文友，20 世纪 60 年代在北京是有影响的工人诗人。我把情况跟他说明后，老诗人回答得很干脆，没问题，打六折，几乎不挣钱。三天如何？我说太好了，到底是老朋友。老诗人说，我今年年底就不干了，这权力只能用这一回了。

农场的工友们在北戴河玩的三天自然很高兴，我能想象得到他们在北戴河海滨欢乐的情形。回来后，农场的那位老领导送给我一件印有“到北戴河看大海”字样的背心，他说，这不是给你穿的，是给你做纪念用的。你这孩子有良心，从农场出来后一直没有忘记过去的老工友。

我怎么能忘记我的亲爱的农垦工友们呢？

想来我第一次到北戴河是在 1991 年的 7 月。那次参加的是由北大荒农垦工人杂志社主办的全国农垦系统文学创作骨干笔会，这是我从事文学创作活动以来参加的第一次笔会。此前，我已在《农垦工人》杂志发表过五六篇作品。直接跟我联系的是刊物的老主编费加老师。同时，刊物的主编王亚洲、编辑部主任李兆基对我也很关照。

经常给报刊投稿的人，都有一种本能的感觉，在刊物公开的主编、副主编、编辑部主任、责任编辑名单中，把稿给谁其中有很大的学问。我是在农场工会的书架上不经意间看到这本《农垦工人》杂志的。因为是农垦系统的刊物，读起来自然十分亲切。刊物中有关北大荒的生活，是那样的令人感到神奇，使我对那片迷人的土地格外向往而憧憬。

我本能地想到给费加老师投稿。果然，每次投稿都会收到他的亲笔回信，而且他把我的文章都以最快的速度发表。费加老师说，他喜欢我的文笔，更喜欢我的朝气，从我身上仿佛能见到他年轻时的影子。

我不知道费加老师的身世，但我迫切想见到他。

到北戴河一家疗养院笔会报到的现场，我刚办完手续，就急切地问会务人员费加老师到了没有。会务人员看了一眼四周，用手一指远处一位正与几个年轻人闲谈的白发老者，说，那就是费加！

费加，费加！我熟悉而又亲切的名字！

对于我的到来，费加老师自然非常惊喜。晚饭后，他约我们几个年轻人到海边散步。傍晚时分的北戴河，景色宜人，海浪舒缓，海鸥低飞，远处星星点点的渔船宛如游动的列车，在我们尽情的说笑声中渐渐逝去。我坐在费加老师身边，他的话语铿锵有力，声若洪钟，充满了文人的底气和生活的厚重。从聊天中得知，费加老师曾是军政大学的高才生、部队的文化教员，在王震将军的一声号令下，卷进十万转业官兵的洪流，来到了北大荒，在农垦报社当记者、编辑、垦局工会宣教部长，“文革”中，他因脾气耿直，敢于讲真话受到冲击。“文革”后，他一直在北大荒垦局工会从事宣传工作，并亲自筹备创办了《农垦工人》杂志。他说，对于北大荒，可以说把一辈子感情都交给了它，不管自己在这块土地上有多少不幸，可至今依然热爱它。记得有一位美国记者到北大荒简单地采访后，回国写了一篇文章，污蔑北大荒是一所没有篱笆的监狱。费加听后，气愤地说：见他的鬼吧，是他对北大荒了解还是我对北大荒了解？你问他看过那一望无际的稻田、豆田和麦田吗？那是几代农垦人靠双手一锹一镐干出来的。现在北大荒有人提出来想把集体大农业变成一家一户的个体经营，他无论如何不能接受。

这就是费加！北大荒的费加！

谈到自己的家庭，费加说老婆因承受不了“运动员”的生活，而患上了精神分裂症。他自己带着三个儿子一起生活。前几年，两个儿子先后结婚。在婚前，他对两个儿子说了同样的话：你们跟我这些年福没有享受多少，罪却没少受，爸爸对不起你们，如今你们就要结婚了，我没有更多的钱给你们，我这辈子留给你们的只有一点做人的德行和骨头。

费加老师的话或许也感染了大海，大海的浪花这时莫名地大了起来。我心潮澎湃，多好的一位老人、一位父亲啊！当时，我真想扑进他的怀里让他温暖一下。

在北戴河的几天，我们生活得无比快乐。我知道，这与费加老师有关。后来，我从京郊农场调到《北京工人报》工作，后又不断地换了几家报社，渐渐地就与《农垦工人》杂志少了联系。偶尔从农垦系统的朋友那里得到一点《农垦工人》杂志的信息，说《农垦工人》杂志停刊了。费加老师退休回家，主编王亚洲到深圳发展去了。这一切的一切，似乎都成了过眼云烟。可是，我们的感情呢？我们有关这一段历史的记忆呢？难道都不算数了？

再后来，从北大荒的文友口中得知，费加老师因病去世了。具体哪一天，埋葬在何处，他们也不知道。我听后感到很伤感。我突然地责备起自己来。这么多年来，我为什么不主动关心他一回呢？他家难道没安装电话，通信真的没有详细地址？如果这也算得上理由，这又算是什么理由呢？

2010 年 7 月，应北大荒作家协会的邀请，我终于来到了魂牵梦绕的北大荒。红兴隆农场、853 农场、前哨农场、友谊农场、大顶子山、雁窝岛、万亩大地号……多么熟悉而久违的名字！在佳木斯农垦总局机关留守处，我见到了北大荒著名作家丁继松、窦强，拉着他们的双手，我的双眼噙满泪水，仿佛我敬爱的费加老师此刻就在他们中间。在北大荒采风的十天里，我每天都在被北大荒的创业精神鼓舞着。离开前的最后一天，我对送行的总局领导说："因为同是农垦人，我来这里仿佛到家一样。如果说以前没来北大荒，国人只知道大寨精神、大庆精神，那么，从今天起我要说，我们中国还有了不起的北大荒精神。别人来到北大荒，可能会记录很多的文字，而我要带走的则是一捧北大荒的泥土。这就是我来北大荒的最大的收获。"

在北大荒的日子，我几次打听费加老师的情况。他们当中有的人知道他，有的人根本没有听说过。是啊，北大荒那么大，你不能要求所有的人都知道在这片神奇的土地上有个人叫费加。可是我知道，我会永远地知道。

2011 年 7 月，又是 7 月，我所效力的中国散文学会与秦皇岛市文联在北戴河举办了作家创作营活动。驻地外国专家公寓环境优雅，离海边很近。夜深人静时，都能听到海潮的声音。朋友几次邀请我到海边散步，我都没去。因为来之前，我就打算一个人到海边静静地坐会儿，想想费加老师，想想与北戴河相关的几个人。

人生无常，记忆永远。对于过去的人偶尔想一想，应该是一个人不难做到的。不仅为了感恩，也是为了对自己以及这个多变的社会进行思考与梳理。然而，又有谁能做到呢？

不是为了买糖，而是为了追忆

或许是与从小受到的英雄主义教育有关，我相信，四十岁以上的人对秋瑾、杨靖宇、赵一曼、刘胡兰、黄继光等战争年代的英雄以及李瑞环、张百发、雷锋、时传祥、王进喜、倪志福、陈永贵、张秉贵等新中国成立后涌现出的劳动模范和典型人物都会留下深刻的印象。今年上半年，老劳模倪志福、吴仁宝的先后去世，给很多人的心灵带来了无限的忧伤。我知道这种忧伤不仅是对劳模个人离去的惋惜，而更多的是对那个时代的记忆与憧憬。

某日，我同作家周明老师聊起这些劳动模范。周明老师兴奋地告诉我，1978 年 7 月，在全国财贸工作会议期间，他曾亲自陪同著名作家冰心先生三次采访过北京王府井百货大楼售货员张秉贵师傅，后来老人家满怀激情地写出了散文《颂“一团火”》，发表在《人民文学》同年第八期上，在社会上引起了强烈反响。从此，张秉贵师傅的“‘一团火’精神”在北京王府井百货大楼以至在北京、全国的服务业迅速传播开来，成为一个时代的标志。“什么时候我们一起去百货大楼，重温一次‘一团火’精神吧？”我向周明老师提议。“这个建议好，我也多年没去百货大楼了。

要去，我可以约北京老工人作家夏红一起去，他原来担任过市商贸工委书记，对张秉贵的事迹了解很多。”周明老师痛快地答应了。

说来凑巧，我们三人几次相约后，真正走进北京王府井百货大楼时，时间恰恰定格在7月12日，一个周末的下午。而三十五年前的7月12日，则是冰心先生动笔写作《颂“一团火”》的时间。在一层的人行通道——张秉贵博物馆参观时，我十分感慨地对周明老师说：“三十五年前您陪冰心先生三访张秉贵，三十五年后您又陪我寻访张秉贵，这是不是意味着一种文学的传承呢？”听罢我的话，周明老师意味深长地说：“可惜的是，现在有很多作家已经不再关心身边的劳动模范、先进人物的事迹，他们以为只关心自身就是在关注社会、关注人类。其实，不是这样的，你冷淡了生活，生活就会冷淡你。”

在百货大楼接待室，我们见到了商场党委工作部和宣传部的两位部长，特别是见到了张秉贵师傅的儿子张朝和——一个个头不高，为人热情、憨厚的中年售货员。知道我们要来，张朝和特地拿出一张三十五年前冰心等人与张秉贵师傅的合影。周明老师说，他也带来同样的一张。张朝和告诉我，他手里的那张就是周明老师在十几年前送给他的，他一直珍藏着。周明老师说他的那张准备捐送给张秉贵博物馆。说着，周明老师指着照片中的人物依次给我们介绍：柯岩、周明、冰心、王愿坚、张秉贵、崔道怡、王南宁。为了增加大家的印象，周明老师还分别向在场的人详细介绍照片中每个人的简历、背景。等周明老师介绍完他人后，我指着周明老师说：“这个人叫周明，资深的‘老作协’，曾是《人民文学》杂志的常务副主编，一辈子为作家服务，被作家朋友亲切地称为‘文坛的基辛格’。因为一辈子总干副职，大家也叫他周副主席。”

听完我对周明老师的介绍，大家禁不住一通哄笑。接着，周明老师绘声绘色地向我们介绍起当年他是怎么陪同冰心先生三访张秉贵师傅的。这些话，我在周明老师所写的《三访张秉贵》(见《往事如歌》一书)一文中早已熟知。在这里我不想做过多的展开，我只想表达我的几点感想：第一，张秉贵作为从旧社会走过来的老工人，他和时传祥等劳模一样，亲身经历了新旧社会的变化，真正体会到了劳动人民当家作主的幸福与自豪，他们忘我地热爱本职工作，是发自内心的。第二，像张秉贵这样的劳模典型，在新中国成立初期国家百废待兴之时，由国家树立形象，大张旗鼓地宣传学习，对提高全民的生产积极性是非常必要和有效的。第三，冰心先生 1978 年采访张秉贵时，已是 78 岁高龄，而且深入采访三次，体现出一个大作家的平民情怀。第四，作为中国文学第一刊的《人民文学》杂志在 1978 年前后连续推出张秉贵、陈景润这样的典型人物，对推动整个社会的进步具有不可估量的意义。

“朝和，你现在还卖糖吗？”在我思索之际，周明老师与张朝和拉起了家常。

“卖呀，已经十四年啦！王府井百货大楼就是我的家。”张朝和答应着。

“你的技术也像你父亲那样做到‘一抓准’吗？”

“不瞒您说，我还真赶不上我父亲。为这绝活儿我练了好长时间。”

“我刚才从楼下糖果专柜路过，发现买糖的人很少。”我不解地问。

“在过去物质比较贫乏的时代，到王府井百货大楼买糖是一件很奢侈的事。现在生活好了，哪儿都有卖糖的，不新鲜了。”张朝和向我解释着，“再者说，现在卖的也不都是国产糖。几乎都是进口的，美国的、德国的、法国的，都有。”

记得在 1993 年我曾经对百货大楼进行过一次采访。当时我在《北京工人报》工作，采访的内容就是关于王府井百货大楼“一团火”服务精神的。我还清晰地记得，那时的百货大楼还保持着新中国第一百货大楼的气派，许多国内外的游客都以到过百货大楼而自豪。自然，那时的百货大楼全部是地道的国营，售货员都是一口纯正的京腔京韵。如今，二十年过去了，王府井百货大楼已经旧貌换新颜，里外装饰非常讲究，所卖的商品已经不再是面对普通老百姓，而更趋向于中高端。尤其是柜台，大都出租给国内外的知名企业和经销商。你如果和售货员说话，几乎听不到正宗的京腔京韵。为此，我曾一度怀疑，这里还是王府井百货大楼吗？

百货大楼宣传部的同志告诉我，自 1993 年大楼股票上市后，企业发展很快，到目前在全国已经拥有四十九家连锁店。就是说，北京王府井百货大楼的“一团火”已经火遍全国。我对股票市场不懂，我更关心的是企业文化，就问宣传部的同志：“你们的柜台、员工如今已经不是原来的，请问，如何发扬大楼的‘一团火’精神呢？”

“百货大楼再高再大，但我们的‘一团火’精神必须发扬。”

宣传部的同志说，“在张秉贵师傅之后，我们大楼还涌现出一大批全国劳模、市劳模，有的是张秉贵师傅的徒弟，有的是张师傅徒弟的徒弟。”

“朝和师傅，你在以你父亲的名字命名的糖果专柜卖糖，你最大的体会是什么？”我想，我的这个问题也是很多人都关心的问题。

“实话告诉您，我站的这个糖果柜台，也是出租柜台。我为什么要站在这里？就是要把父亲的精神传下去。张秉贵的名字已经不只属于我，它不仅属于王府井百货大楼，更属于首都和中国。现在有很多的外国人也常慕名来这里买糖。我知道，很多人到我这里，其真正的目的不是为了买糖而买糖，而是为了追忆过去，追忆那个给人以温暖的过去。”

张朝和师傅的话让我们在场的所有人都感到很吃惊，很震撼。记得多年前，看鲁迅先生的文章《中国人失掉自信力了吗》，也曾让我们吃惊、震撼过。现在，一个劳模的后代，一个月薪只有两千多块钱的普通工人又在不经意间向我们、向社会提出了一个令人深思的问题。诚然，任何事物都不是一成不变的，都是发展变化的，但我冥冥之中始终相信：这个世界一定会有值得我们永生铭记、永远坚守的东西。至于这个东西究竟是什么，我愿与大家一起去感悟。

第二辑 心若琴弦

送您一束玫瑰花

10 月 5 日清晨，北京一片雾霾。刚吃过早点，就接到周明老师电话，我以为他看了今早的央视《海峡两岸》节目后，又有了新的感慨要同我交流。我和周老师都是《海峡两岸》节目的忠实观众，特别是周老师，对台湾的关心要胜我百倍。我知道，周老师曾以不同身份，先后六次去过台湾，他与台湾要人连战、马英九、吴伯雄以及柏杨、陈映真、陈若曦、张香华等文化名人多有交往，正因为他的努力，柏杨先生去世后把他所有的文献都无偿捐献给了中国现代文学馆。

周明老师这次电话里并没有像往日的客套，直奔主题："你在哪里？"

"我在家里，昨天才从郊区回来的。"

"那好，你马上到文学馆。"

"什么事？"

"今天是老太太生日。"

"哪个老太太？"

"冰心啊！"

"啊？是冰心奶奶——记得记得，10 月 5 日，记得在老人家 99 岁生日时您还写过文章，就发表在我主编的《中国文化报》副刊上。"

“刚才吴青、陈恕来电话，他们已经出发了，估计半小时以后到文学馆。”

我在电话里来不及埋怨他们怎么不提前通知我，我匆匆跑下楼，这才意识到我们小区附近没有卖鲜花的。打上出租车，我对司机师傅说，您帮我留心一下，看路边有没有花店。我从周明老师多篇写冰心先生的文章中得知，冰心老人一生最喜爱的就是玫瑰花，这殷红的花色也象征着她慈爱、坚强、勇敢的品格。

很遗憾，出租车直到现代文学馆东门也没有看到有一家花店，正在我焦急的当口，周明老师拖着拉杆箱从后边追过来，他指着路边的一家高耸的店铺说，你看，那里有家花店，不知道营业没有。我说，您到文学馆去迎一下吴青夫妇，我买完花马上过来。

等花店的小姑娘把一束玫瑰花扎好，我举着疾步走到文学馆内的冰心汉白玉雕像前时，周明老师和吴青夫妇几人已经将几束玫瑰花摆放在冰心先生的像前。见我走过来，周明老师笑着对吴青说，老太太的徒子徒孙代表来了。我说，我哪能代表得了别人呢？我代表一下中国散文学会吧。我注意到，吴青和陈恕夫妇所献上的花束上有一张纸牌，上面写着：

亲爱的娘和爸：

今天是娘的生日，祝您生日愉快，也祝你们在天上幸福。我们很想念你们。

你们的女儿女婿和外孙们：

吴青、陈恕、陈钢、李丹、刘丹敬祝

在吴青的倡议下，我们一行站成一排，向冰心老人深情地三鞠躬，表达我们的思念之情。周明老师说，吴青，你代表我们在妈妈面前说几句话吧。吴青想了想，说：

“娘，我们今天来看您，祝您生日快乐。我们会永远记住您说过的话，有了爱就有了一切，好好地做人，好好地工作，好好地生活，同时，也要承担起社会的责任。您放心吧。”

吴青讲完，我对大家说，我也讲几句：

“亲爱的冰心奶奶，您好！我们今天来这里祝贺您 113 岁生日。自 2000 年，中国散文学会按照您的遗愿，设立了冰心散文奖，现在，已经成功举办了 5 届，有一百多位作家获奖。这个奖的设立，为推动我国的散文创作，扶持、培养青年作家，起到了很好的促进作用。10 月 8 日，我将到济南市，宣布第六届冰心散文奖正式启动。请您放心，在以王巨才、周明同志为首的散文学会领导下，我们会把这届评奖搞得更成功。在未来的日子里，我们将继续秉承您的文学精神和高尚情操，把我们的散文事业做得更好。”

等我讲完，陈恕老师提醒道：“我们要不要照几张相，做个纪念？”

当然好啦。陈恕老师的提议得到大家的热烈响应，于是，我们围在冰心老人的雕像后，分别选择不同的角度留下了难忘的画面。其中有一张，吴青老师左手拉着妈妈的手，右手拉着我的手，那一刻，我仿佛听到冰心这位文坛老祖母的心跳，她是那样的火热，那样的充满人间的慈爱。

不知怎的，也就在这一刻，我突然想到铁凝在一篇文章中说过的话：照片如果是回忆时光，文学或许更应当有能力去创造时光。

阿妈的经筒不说话

潘家园是北京新兴的一座文化地标。我这么说，大凡热爱收藏，喜欢古董、字画的玩家都会认同。其实，潘家园一带形成文化产业聚集区时间并不长，也就二十年的样子。在过去，北京只有琉璃厂，那才是正儿八经的去处。琉璃厂有大名鼎鼎的荣宝斋，有无数的文房铺子，包括书店。

印象中，潘家园最早发起于 20 世纪 90 年代初的经商热。经商热是紧随下海热的，那下海热呢，则紧随着下岗热。大约在 1987 年前后，人们还好端端地上班呢，不管是国营还是大集体，干劲儿十足，可谁知，老天爷突然变了脸，一夜之间许多工厂纷纷搞起了砸“三铁”。您要问哪“三铁”，铁工资、铁饭碗、铁交椅呗。

潘家园附近有几家国营大厂，北京内燃机总厂、人民机械厂、北京吉普汽车有限公司、北京东风无线电厂，稍远点的还有北京化工厂、焦化厂、染料厂，至于几百人的工厂就更数不过来了。这些产业工人加起来少说也有二三十万吧。

当时的媒体，或者说政府主管部门，还不敢用“下岗”这个刺激的新名词，而是用分流、市场疲软、三角债给予解释。但不管怎么说，工人终究是下了岗了。我是 20 世纪 90 年代初进入新创刊的《北京工人报》做记者的。记得刚创刊那天，是在深冬，我和几个同事每个人抱着200张报纸到王府井百货大楼门口免费向行人发放，嘴里还不忘吆喝着："快来看啊，新创刊的《北京工人报》，首都360万工人自己的报啊。"可是，白吆喝了半天，没有一个人主动跟我要报纸的。后来，我见一个戴着眼镜有点机关干部模样的人走过来，就走过去主动往他手里塞，哪知那老兄一听是工人报，马上就把报纸塞还给我，嘴里还很高贵地说道："不看不看，我怎么能看这样的报纸！"瞬间，我觉得我的血液都凝固了，自己太没面儿了，真想把那家伙叫回来，狠狠地教训他一顿，质问他穿的衣服、皮鞋，戴的眼镜是不是工人生产的。没有工人，大冬天的你喝西北风去吧。可联想到当时产业工人的处境，也实在不好说什么。

两个月后，快到春节了，报社让报选题。我提出采访几家严重亏损的大中型企业，特别提出到北京手表厂，采访他们是如何兼并北京针织六厂的。据我了解，由于受海湾战争的影响，针织六厂已经连续几年亏损，最近半年接连换了三任厂长，现在的厂长由一名女工程师代理，女厂长跟纺织局领导提出，只干三个月，过了三个月爱谁干谁干。这期间，中央某领导提出鱼和熊掌可以二者兼得，提倡企业间可以兼并重组。这样，就出现了经济效益较好的北京手表厂兼并针织六厂的典型范例。而另一名记者则提出，到潘家园鬼市去采访跳蚤市场的情况。所谓鬼市、跳蚤市场，就是一些下岗工人从工厂或是家里拿一些服装、百货、旧物，早晨或晚上在昏暗的灯光下进行交易的场所。我记得在20世纪90年代，这样的市场在京城里有很多家，只不过潘家园的比较有名就是了。

对于我们的选题，报社领导都觉得很好。这样，第二天我们就兵分两路去采访。原计划每个人采访两天，大后天交稿，然而，当我们真的深入到企业和跳蚤市场后，并没有如我们想象的那样简单。

北京手表厂在郊区昌平一带，我记得我们家曾经买过两块它生产的双菱牌手表，那表虽然比不上老上海，可戴在一般人手腕上，也挺让人羡慕的。我采访企业领导，跟他们谈企业重组，他们并没有那么兴奋，甚至有些无奈。其潜台词是，他们并不同意企业兼并重组，因为他们的收入也就勉强开工资。如果非让他们兼并针织六厂，那等于是死鸡拉活雁，既救不了你也救不了我。可市里和中央决定了，干也得干，不干也得干，主要目的是起个表率作用。尽管如此，我还得硬着头皮写，不写，怎么向报社向市里交代呢！

去潘家园的同事回来也不乐观。他们早晨五点多就去了，那时市场还没有形成，四周一片漆黑，人们在立交桥边自动地摆起了摊位，由于天还没有亮，摊主们各自打着手电筒，一闪一闪的，从远处看，就像坟地里的冥火。地摊上卖的物品有针织品、小百货，也有玉器、瓷器等手把件的，但字画还不多。那个年代，绝大多数人还是讲诚信的，所以，这里卖的东西基本是真的。偶尔有人走眼了，也没得怨，这就叫周瑜打黄盖，一个愿打，一个愿挨。起初，人们对跳蚤市场议论纷纷，说这跟投机倒把没什么两样。也有人说，这些下岗工人、无业游民整天地混在一起，容易引起社会动乱，建议公安、工商介入，坚决给予取缔。一个摊主说，我们很不容易，早晨四点多就起来占地方，赶上点子正，可以卖个三五十，如果点子背，一早晨也没个进项。说得更惨的，说有一天大伙正在卖货，忽然有人说工商的人来了，人们赶忙猫腰收拾东西，有的人甚至提溜着裤子到处乱跑，跟流氓似的，极其不雅。报社领导问，当地街道没有什么好的办法吗？譬如正式弄个市场什么的？同事说，好像有这个想法，但涉及的部门比较多，得慢慢来。

按照报社的要求，我们把文章都写好了。可领导说，这两篇文章不宜公开发表，只做内参上交到市总工会，再报到北京市委。至于市里怎么决定，我们只能是服从。当然，我们的文章不会白写，照样计入工作量。面对这样的决定，开始我还想争论几句，认为媒体就应该有自己的声音，如果不这样，问题就不会得到很快的解决。领导毕竟吃的盐比我们多，说新闻无禁区，但发表有纪律。这是红线。

半年后，我离开了这家刚创刊不久的报社。二十年后，《北京工人报》更名为《劳动午报》，据说日子过得还算可以。我很感念这家报社的几位领导，是他们把我从农场调到这里，由此成为一名职业的新闻工作者。2012 年，当我的一篇文艺评论获得第 22 届中国新闻奖时，我的内心还是相当激动的。记得那天我从京西宾馆出来，走在喧闹的长安街上，我多想对着天空喊一嗓子：我成功啦！然而，一刹那，我又终止了这样荒唐的冲动，我问自己，你真的成功了吗？如果那一纸证书就证明你成功了，该有多么可笑。要知道，在长安街奔流不息的人群中，不知有多少人，人家在不同的行业都取得了骄人的成绩。如果都喊成功，中国梦不早就实现了吗？

潘家园旧货交易市场成立后，我断断续续去过几次。10 年前，一个偶然的机会，我陪我侄子去潘家园买刻章的石料。没想到，遇到我20世纪80年代在朝阳区文化馆一起学习的文友老田。老田原在酒仙桥一家国营大厂工作，当过销售科长，为人精明又不乏实在。老田告诉我，企业不景气，他提前办了内退，家就在附近，他没事喜欢逛潘家园，久而久之，就对石头、玉器来了兴趣。后来，他干脆在杂项市场也租了个摊位，卖起小文玩。我问他发财没有，老田一笑，说，发什么财？随便玩玩而已。我又问老田，小说还写吗？老田说，早就不写了，写出来也没地方发表啊。我劝老田，别灰心，你的京味儿语言那么好，只要题材对路子，不愁没地方发表。老田很讲义气，给我侄子一大塑料袋的石头。那些石头虽然不是什么名贵的鸡血石、蓝田石、寿山石，但已足够我侄子学习用的。

跟老田重逢后，我们联系便多了起来。我帮他先后到几家报刊做文字工作，也介绍一些写作的活儿给他，挣钱多少不说，主要是想让他开阔一下视野。四五年前，老田有一天突然找到我，说他现在特有写作的冲动。我说，我就等你这个感觉呢。我早就把你写作的题材帮你设计好了。老田瞪着一双牛眼望着我，说，你赶紧告诉我。我说，你听好了，三年内别的什么都不要写，你就写潘家园风情录，系列中篇小说。如果你能写出十个八个，我保证你出大名。到时，我不仅帮你联系出版社出版，还帮你开研讨会。老田一听，心情很振奋，他说就这么定了。

自从听了我的话，老田就不再去潘家园练摊儿了。他一门心思写他的潘家园系列。果然，在不到一年时间，他陆续写出了三篇，其中第一篇我给推荐到《鄂尔多斯·小说精选》发表。后来，这篇小说还获得天津“文化杯”梁斌小说奖二等奖。有了这篇小说垫底，老田逐渐来了感觉，他又陆续写了几个中篇，只可惜不是潘家园题材的。这让我有点遗憾。还好，他的《天桥葛爷》等三篇以自然投稿被《北京文学》看中，先后发表，还被《小说月报》和《中篇小说选刊》转载。然而，令人意想不到的是，去年元旦刚过，传来老田因突发脑溢血去世的消息。我听后感觉头都大了，这怎么可能？前年老田还能骑自行车到天津呢！可是，接连几个朋友告诉我同一个消息，让你不得不相信。也许，这就是一个人的命运。

后来，我见到《北京文学》的编辑王秀云，聊天中得知是她从自然来稿中发现了老田，并极力向主编推荐的。特别是在老田去世后，他们还发表了老田的一篇遗作。我说，老田要是地下有知，他也该知足了。我记得老田生前多次对我说，他有两个愿望，一个是在《北京文学》发表作品，另一个是加入北京作家协会。如今，这两个愿望都实现了，他却匆匆走了。我有时在想，人干吗走得那么急呢？这人世间还有多少快乐等待我们去享受呢！

前几日，黑龙江的一位文友来北京，让我陪他去逛潘家园。我们逛了两个多小时，也没什么可买的。走到文玩杂项市场，在昔日老田练摊儿的那个地方，有位藏民打扮的阿妈，她手里摇着转经筒，两眼直直地看着过往的行人，好像在寻找等待什么。我猜想，老阿妈是在寻找她的孩子吗？或者是在寻找买家？猛地，我想到老田，说不定她真的在寻找等待老田呢。因为，以老田的性格，他有可能跟这位老阿妈交上朋友的。本来，我想上前问问老阿妈在等什么人，可我看着她僵硬的眼神，感觉她不会跟我说话。道理很简单，我终究不是她要寻找要等待的那个人。

好朋友我们不说再见

春节前，一文友给我发来一则短信：人生的最高境界是——你已经远离江湖，可江湖还在传说你。2011 年 1 月 4 日下午 3 时，一场主题为“与铁生最后的聚会”的追思活动在北京 798 时态空间画廊举行。来自社会各界和世界各地的很多作家、诗人、读者纷至沓来，人们以不同的方式来怀念我们的好朋友史铁生。看着拥挤的人群，看着肃穆的表情，听着发言者与铁生过去令人心动的往日情怀，我不由得想到那则短信。于是，我把这里的情形，换了几个字，发给因事不能前来的几个作家朋友：铁生已经远离文坛，但我相信，未来的文坛永远会传说他。

史铁生以短篇小说《我的遥远的清平湾》很早成名。在他那一茬的知青作家中，我跟好多作家都有不同程度的交往，而且认识很早，譬如肖复兴、张抗抗、梁晓声、叶辛、赵丽宏、竹林、叶延滨等，但跟史铁生直到 2007 年才真正地见面。这一年的 9 月 25 日晚，中秋，鲁迅诞辰日，北京作家协会在北京国际饭店举办第三届文学节颁奖大会。一个月前，北京作协就给每个会员发出通知，号召作家参与文学节活动。比如到一个乡村文学社举办系列讲座，在鲁迅博物馆举办作家手迹展，再有，评选出终身成就奖和杰出贡献奖作家各一名。可以想见，在北京作家群中能当此殊荣的肯定能列出十几位。

颁奖活动于晚 6 时开始。获得终身成就奖的是 84 岁高龄的小说家林斤澜，宣读授奖词的是毕淑敏，颁奖人是北大著名教授严家炎先生。对于林斤澜先生在短篇小说上取得的成就，文学界早已公认。毕淑敏在授奖词中怎样溢美，人们都觉得应该。我感兴趣的是林斤澜先生在获奖感言中反复提到的“感谢文学这一亩三分地”，是文学给了他乐趣，给了他生存的希望。在北京作协发出的杰出贡献奖候选人名单中，我注意到有史铁生和刘庆邦，好像还有一位，我记不清了。刘庆邦跟我是多年的朋友，他从煤炭系统调到北京作协搞专业创作，自然增加了北京作家群的亮点。我跟史铁生不熟，甚至不认识，但非常熟悉他的作品。可以这样说，文坛上有史铁生的存在，仿佛是一种文学精神的存在，有了他，就可以制衡那些喧嚣浮躁势力的东西。所以，我投了史铁生的票。果然，评选结果也确实如我所料。后来听说在关于终身成就奖评选时，到底是给浩然还是给林斤澜发生了激烈的争议，有些人为此还伤了感情，我感到很不安。

为史铁生颁奖的是刚上任不到一年的中国作家协会主席铁凝。铁凝走上台时，步履轻盈，笑得阳光灿烂，她俯下身子，对坐在轮椅上的史铁生耳语了一番，因为远，我不知道究竟说了什么，我想他们之间是不需要什么客套的。看着史铁生抬起头接过证书后那朴实天真的样子，我感到一股暖流涌上心头，不觉有泪水在眼圈打晃。这是久违了的文学的暖流！当即，我在一张便条上写下：铁凝为铁生颁奖。

史铁生在获奖感言中说：文学的创新是必要的，但文学也必须有永恒的东西。人们丰衣足食后，为什么还要搞文学？想必是无穷的生活给我们制造无穷的疑难，无穷的疑难给了我们无穷的思考和思考的力量。人一旦缺少了思考的力量，就难免有一天会败给电脑。同前一辈作家比，我们这一辈还是想争气的。我很高兴地看到，有一批更年轻更有希望的作家已经成长起来——史铁生的声音不大，但言语里却蕴含着厚重，充满了真情。

那天，我与史铁生夫妇在同桌就餐。他很随意，没有什么忌口。

今天，就是史铁生去世后的第 5 天，也是他 60 岁生日的这一天，铁凝同样来到这里，她不是以领导身份，而是以作家同行、铁生多年的老朋友身份来的。她说：我是带了樱桃来的，我知道铁生喜欢吃这个。我很高兴，在我来北京工作的 5 年，每年我都能多次见到铁生。有一次到铁生家，闻到有烤面包的香味。铁生说，那是我爱人希米刚烤的面包，你喜欢吃，就多吃点，也可以都拿走。于是，我就吃了起来。我觉得，铁生与希米的日子，是有尊严的，有情有义的。对文学人生而言，铁生是一个坚持文学的高度和难度的人。时间越久，越彰显他是一个有信仰的人。他不曾以救世主的面目出现，或许他不能走太远的路，可他有一颗永久的心。刚才有人称他是伟大的作家，我想，今天用伟大这个词是需要谨慎的，但我非常同意说史铁生是一个伟大的作家。诚实与善思，对一个人是多么的重要，史铁生做到了。这正如他的诗《永在》：

我一直要活到我能够
坦然赴死，你能够
坦然送我离开，此前
死与你我毫不相干

此前，死不过是一个谣言

北风呼号，老树被拦腰斩断／是童话中的情节／或永生的一个瞬间

我一直要活到我能够入死而观／你能够听我在死之言／此后，死与你我毫不相干

此后，死不过是一次迁徙／永恒复返，现在被未来替换／是度过中的音符／或永在的一个回旋

我一直要活到我能够／历数前生，你能够／与我一同笑着，所以／死与你我毫不相干

有道是“不知生，焉知死”。史铁生在延安插队的一个同学说，铁生是置之死地而后生。1969 年 1 月 17 日，史铁生和他的二十几名同学来到陕北延安延川县一个叫清平湾的地方插队，多年后，史铁生在《插队的故事》中写道：这日子记得清楚，永远都不会忘记。不久就过年，当然是阴历年，那儿没有人承认阳历。过阴历年，过清明，过端午，过中秋，不过“十一”和“五一”。不少人稀里糊涂地知道有个“五一”，却不知道有劳动节。我们第一回上山受苦是在大南山掏地，李卓和金涛疯狂地抡起老镢掏向山顶，不久便都像终点线的马拉松运动员，被人搀扶着安慰着拖到一边去休息。最被重视的是阴历年，不用受苦，在热炕上款盛下（即待着），喝米酒，吃大肉，吃油糕油馍，吃豆腐和漏粉，吃白馍和扁食——这才是过节。夜晚，家家窑前吊一盏油灯，在漆黑的山间如一片朦胧的星光。

对于知青生活，不同的人有不同的认识。史铁生认为，有人说，我们这些插过队的人总好念叨那些插队的日子，不是因为别的，只

是因为我们最好的年华是在插队中度过的。谁会忘记自己十七八岁、二十出头的时候呢？谁会不记得自己的初恋，或者头一遭被异性搅乱了心的时候呢？于是，你不仅记住了那个姑娘或是小伙子，也记住了那个地方，那段生活。

1971 年，史铁生因腰病回到北京，从此开始长达近四十年的轮椅生活。他先在一家街道小厂工作 7 年，后由于小说的发表，他走上了创作的道路。他的昔日插友说，他们对铁生的认识或交往以他的散文名篇《我与地坛》为分水岭。之前的《我的遥远的清平湾》《奶奶的星星》等小说和散文，他们很爱读，那里有他们共同的生活记忆。而从《我与地坛》后他们就不爱读，甚至跟铁生在心理上产生了隔膜。我以为，从《我与地坛》发表后，史铁生的写作已经从生活的叙述转变为对生活和生命的追问。就是说，后来的史铁生已经不是朋友们中的作家了，而是作家中的思想家和哲学家。2002 年 8 月 27 日，北师大教授刘锡庆在《文艺报》曾撰文，说史铁生因为散文《我与地坛》的发表，“已经攀上了当代散文的巅峰”。为此，我发表了不同意见，以“当代散文的巅峰标准是什么”为题与之商榷。我的总体看法是，一个名家创作了名篇是可喜的，但名篇并不是没有瑕疵。水无定流，文无定式，与其说《我与地坛》登上了文学的高峰，倒不如说是史铁生的文学高度和人生高度由此开始。

我注意到，史铁生在很多作品中都涉及生与死。这在当代作家中是罕见的。或许是曾经有过三次自杀的经历，史铁生在谈论死时便有了独特的感受。他说，要是史铁生死了，并不就是我死了——虽然我现在不得不以史铁生之名写下这句话，以及现在有人喊史铁生，我不得不答应。史铁生死了——这消息日夜兼程，必有一天会到来，但那时我还在。从古至今，死去了多少个“我”呀，但“我”并不消失，甚至并不减损。那是因为，世界是靠“我”的延续而流传为消息的。也许是温馨的消息，也许是残忍的消息，但肯定是生动鲜活的消息，这消息只要流传，就必定是“我”的接力。

是的，史铁生的离去注定是一种死亡的消息，但也是一个永生的消息。就在追思会进行时，从天津某医院特地赶来的主治医生告诉大家一个生动鲜活的消息：去年 12 月 31 日凌晨史铁生去世两个多小时后，一辆装载着史铁生肝脏的医护车风驰电掣般驶向天津。早晨 8 点钟，肝脏移植手术开始，下午 3 时手术结束。今天，这个得到史铁生肝脏捐助的 38 岁的小伙子已经能够下床了！

1 月 4 日，平常而又永生的 1 月 4 日。让我们记住这一天吧，这一天，60 年前一个伟大的生命诞生了。60 年后，又一个不朽的生命已经开始！对此，人们报以热烈的掌声。这掌声不仅是献给一个名字叫史铁生的中国作家的，这掌声也是献给一个叫史铁生的中国公民的。

我们不会忘记臧克家先生的诗句：有的人活着，他已经死了；有的人死了，他还活着。对于史铁生，有的人说，史铁生的存在，代表着文学的良心。也有的人说，史铁生实现了文学与生命的完美结合。还有的人说，在高楼大厦已经十分拥挤的今天，我们还能隆重地怀念一个作家，说明我们这个民族仍然是一个充满理想的民族。而史铁生则说，人可以走向天堂，不可以走到天堂。最后的祈祷是爱的重逢。

史铁生，我们的好朋友，此刻他就在我们中间。他还是那样微笑着，面对人生。

大雁情

到了一定岁数的人，谈到人生的经历与经验，总爱用阅人无数来形容。想想自己从北京郊区农场，走入京城二十载，成长为知名的作家、媒体人，除了自己的努力，家庭的支持，更多的是在不同的时期得益于不同老师的帮助。

1983 年，我在上高中时就开始从事文学创作。那一年，我中考失败，在重点中学、师范学校录取无望的情况下，我把希望放在文学创作上。在这之前，我的作文一直不错，小学时，也曾在三夏战报上发表过打油诗。见我整天闷闷不乐，伏在椿树下的板凳上胡乱地写东西，在农场果园上班的母亲对我说，场里有个烧锅炉的刘师傅喜欢写文章，我可以带你去找他学学。这样，我便在果园锅炉房里见到了我从事文学创作上的第一位老师。

刘师傅不到 50 岁，面容黑黢黢的，背有些驼。我跟他讲话，他先是冲我憨憨地笑，然后再把他的想法告诉我。几次交往下来，我发现他的神情总是抑郁。我便问母亲怎么回事。母亲长叹了一声，说刘师傅是好人，本来他是有些技术的，还会写文章，场里的广播一直由他管。有一年，场里一个作风不太好的女知青勾引他，他们在广播室拥抱时被领导发现了。这种事本来是两个人的事，可是那女知青一口咬定是刘师傅对她非礼，结果刘师傅在场里做了检查，最后被安排在锅炉房，代管澡堂子。

大约去了一个多月，刘师傅某天突然对我说，你的散文和诗写得比我好，我不能耽误你，我给你介绍几个农场机关的领导吧。

刘师傅说的几个农场机关的领导指的是宣传部长孙雨山、工会副主席刘金声和工会干事陈友福。这几个人在我最初的文学创作上，是我的启蒙者，也是我的亲密伙伴。在农场工作的六年，人们每谈起不务正业、一心痴迷搞创作的一群人中，我们几个人的名字是一直捆绑在一起的。我们这个农场是不缺乏文学因子的，20 世纪 50 年代浩然曾经专门来看过从苏联进口的康拜因拖拉机，20 世纪 80 年代前后张抗抗、陆星儿、柯蓝、柳萌、雷抒雁、陈祖芬、王宗仁等名家也都先后来参观辅导过。在我之前也曾出过两个作家，一个是《儿童文学》编辑部主任杨福庆，另一个是 1969 年到山西插队后来成名的李锐。不过，他们俩没有在农场工作过。记得 1985 年李锐在《当代》上发表了反映农场生活的中篇小说《红房子》后，我们几个人争相看了好几遍，那兴奋劲甚至超过了李锐本人。

如今，30 年过去了，孙雨山、陈友福等人已经退休，而刘金声则已告别人世。去年，农场局宣传部的退休老作家胡天培约我到南郊农场参观。农场的变化，让我感慨万千。我真有心写一部反映农场生活的长篇小说或报告文学，可我眼下因为工作的繁忙、身体的不适暂时还不能了却这个心愿。我把这个想法打电话告诉了孙部长，他说他很期待。

1983 年 8 月，天气还异常闷热。一天，孙部长告诉我，说最近农场局《北京农场通讯》和朝阳区文化馆《芳草地》两家报纸编辑部的老师要来农场组稿，希望我能参加。说来有趣，这两家报纸来的两位负责的老师都姓刘，似乎我跟姓刘的老师天生有着缘分。

《北京农场通讯》的老师先到农场来的。老师叫刘远英，一米八几的大个子，说话十分豪爽，后来有人告诉我，他父亲在新中国成立前曾经是唐山市的市长。或许由于这个原因，他在 20 世纪 50 年代后期曾被打成右派。在组稿座谈会上我的发言刘老师听得很认真，吃饭的路上他悄悄对我说，你的观点很新颖，我喜欢，有稿子就直接给我。我当时感到很受宠若惊，不久便把一篇小小说《回乡》邮给了他。原想自己是初学乍练，这小说不一定能被老师看上。哪料，在 2004 年 1 月 15 日那期《北京农场通讯》副刊上，我的《回乡》竟然发了头题，还给配了插图。接到样报那天，我举着报纸在回家的路上尽情地欢呼雀跃：我的小说发表啦，我要成为作家啦！

《回乡》是我发表的第一篇作品，《北京农场通讯》虽然只是个工作性质的内刊，可在我心中是以后发表作品的任何一家报刊都不能替代的。可惜的是，由于几次搬家，这篇作品的原件已经找不到了。这将是我永生的遗憾。此后，刘老师又帮我接连发表了《农场漫步》《一个妻子的独白》等五六篇作品，使我在农场局系统很快有了一些名气，为我多年后离开农场调到市里的新闻单位奠定了基础。刘老师如今要是还活着，该有 90 岁了。

刘远英老师到农场组稿后不久，《芳草地》的刘延老师就来了。其时刘老师已经快 60 岁了，满头白发，声音清脆，很有军人的风度。熟悉以后，得知她是四川人，20 世纪 50 年代参军入藏，当独唱演员，搞文艺创作，70 年代与老伴胡然（饰演过《枪口从背后打来》等多部电影）转业到北京，先在一家工厂工作，后调入朝阳区文化馆担任文学辅导干部。刘老师来的这天中午，我从学校下课后匆匆赶来，因为天气热，弄得满头大汗。这时，不知谁从外边送来一盒雪糕，我拿起一根送到刘老师面前，说大热天您吃一根败败火，这可是我们农场乳制品厂自产的。然后，我才拿起一根自己吃。这时，孙部长他们几个人纷纷向刘老师推荐我，说我是后起之秀非常有才。

由于下午还要上课，我与刘延老师见面不足一个小时。通过这次见面，刘老师是否能记住我，还真不敢想。我试着把一篇散文邮给她，她很快就给我回信，接着又把发表我散文的清样邮给我，告诉我说要等明年发出来。看着刘老师在清样上为我改过的字迹，我感到无比温暖。果然，来年 3 月，继《北京农场通讯》首发我的作品后,《芳草地》发表了我的散文《走在故乡的土地上》。再以后，我又陆续到文化馆听了多场名家的文学讲座，如陈建功、郑万隆、赵大年、韩少华、晏明、徐放等，每次都是刘老师亲自把他们接来。记得有一次在听完萧军先生的讲座后，我也和其他学员一样纷纷挤到萧老面前请老人家签名。见我穿一件工厂特制的棉大衣，同样穿着工厂蓝色劳动布上衣的萧老用手分开众人对着我说："小伙子你过来，我先给你签。从你身上我仿佛看到我年轻时的影子。"几年后，我与萧老的女婿王建中老师做了同事，我把萧老的话说给他听。王建中老师笑曰：你与萧老的缘分不浅哪！

刘延老师今年已经 82 岁。前年，她加入了中国作家协会。

我记得她获知自己被批准入会时，高兴得像个孩子。我理解刘老师，他们这一代人，从新中国建立初期到改革开放，把人生最好的青春年华都献给了祖国。等改革开放了，一切都活跃起来了，他们因为年事已高，不可能像年轻人那样去投入，更不可能大红大火了。为此，刘老师也曾感慨过，不安过。以我对刘老师的了解，她的散文绝对是可以站在当代女作家一线队伍行列的。可是，由于她把更多的精力投入到工作、家庭，尤其是我们一批又一批年轻人身上，她怎么能火起来呢？刘老师退休前，只由西藏人民出版社出版过一本散文集《彩虹升起的地方》。退休后，70 岁时出版了一本散文集《跳舞去》，快 80 岁时出版了散文集《聆听岁月》。80 岁生日，我和一帮文友相约和他们一家人联合编写了《刘延八十》一书，这本书没有书号，完全属于自娱自乐，哄老太太高兴。

在《刘延八十》中有一篇刘老师关于歌曲《远飞的大雁》的文章。1964 年秋天，北京西苑宾馆里住着两支令人瞩目的大型文艺团体，一支是参加《东方红》大型歌舞排练的中央及北京各大专业文艺团体的艺术家，另一支是全国各地来北京参加全国少数民族文艺会演的各族业余文艺代表团的艺术家。当时，刘老师在拉萨市文化局工作，经过严格政审，被选到西藏业余文化代表团担任文字编写工作。在短短的一段时间内，除在代表团离开拉萨前刘老师和叶玉林、廖东凡三人共同创作了《好得很》《次仁穷穷开会回来了》《对歌》等一些演唱节目外，代表团赴京后的许多演唱歌词、藏戏清唱等，基本上都是由刘老师一人完成的。因当时形势需要，所有节目、歌词演出或发表时，均以“民歌”

形式出现，而不能署作者名字。其中，就包括由刘延老师作词，徐大猶记谱、填词的传唱全国的《远飞的大雁》。2010 年冬天，我请刘老师和她的女儿胡滨到位于北京东五环的“红色经典餐厅”吃饭。这家餐厅的特色就是怀旧——“吃人民公社饭，听革命经典歌曲”。在吃饭过程中，一个叫刘娟的小姑娘以甜润的歌喉演唱了《远飞的大雁》，只见刘老师听得非常入神，后来还情不自禁地跟着演唱起来。演出结束后，刘老师专门到后台找刘娟攀谈。见状，胡滨神秘地告诉我：《远飞的大雁》这首歌是老太太写的。我听后感觉很诧异，这是真的吗？这么多年怎么没听老太太提过一句呢？

回到家中，我上网百度搜索《远飞的大雁》，词条倒是不少，歌词也全，但没有一处标明词曲作者，这是多么的残忍与不公啊！刘老师告诉我，这首歌的原唱是藏族女歌唱家曲宗同志，只可惜她三十多年前就英年早逝了。

看着刘延老师的回忆文章，我对老人家更增添了无限的敬意。三十年前，著名作家黄宗英老师曾创作了具有广泛影响的报告文学《大雁情》，今天我不怕背着撞题的闲话，仍以《大雁情》为题，写下这篇散文，借以感谢那些默默无闻地为年轻人成长甘于奉献的老师们。我想，黄宗英老师若看到此文，她一定会笑着说，红孩这个小挨刀的，竟敢偷用了我的题目。

来不及悲伤

这一段几位编辑同行纷纷离世，让我唏嘘不已。诚然，人固有一死，不论是谁最终都会朝着一个方向去，可作为生者，每当想起朋友的音容笑貌，心里更多的还是无尽的悲伤与怀念。

我简单地开一个名单，近几年以至前几天刚刚去世的李凤祥、熊元义，大致有章仲锷、雷抒雁、韩作荣、李小雨、刘茵、何西来等诸君。这些人在生前都跟我有着比较多的交往，除熊元义长我几岁以兄弟相称，可以说，其他人是看着我在文坛成长起来的。他们对我的帮助与教诲，有文字方面的，也有德行方面的。

李凤祥，笔名凤翔，是《北京晚报》的原副总编辑，曾执掌《北京晚报》副刊《五色土》二三十年，培养扶持了大批的北京作家。尤其是其中的重要栏目《一分钟小说》，在全国微型小说阵地中独树一帜。我跟李老师结识于二十年前，那时我的第一本书散文诗集《太阳真好》刚出版，我把王宗仁老师给我写的序言《红孩，你长大了》送到李老师那里，他看后当即就说，没问题，下周见报。果然，一周后，王老师的序言按时发表，很多人纷纷打电话向我表示祝贺。1995 年，我为北京通州的九洲床具公司写了本报告文学，特别请通州籍著名作家刘绍棠先生作序。刘先生当时身体已经不听使唤了，但他乡情很重，一听说我写的是通州的事，他还是给写出了两千字的序言《床与人》。在文中，刘先生除了对我作品的肯定，更多的是对通州的企业家们提出了殷殷期望，让人们不要骄傲，要经常览镜自照。二十多年来，我时刻不敢忘记先生的教诲。当然，这个序照例由凤翔老师安排在《北京晚报》发表了。

大约到了 2000 年末，凤翔老师到了退休年龄，离开了《北京晚报》。他在闲暇之时，经常写写散文、随笔，主要记录的是跟京城文艺界一些朋友的交往。一天，他给我打电话，说有人借三年困难时期饿死人攻击作家浩然，还提到了我的名字。我告诉他，那是极个别的思想激进者利用浩然在炒作，不必理他。然而，在我写过一篇《遭遇盲流》给予回应后，凤翔老师还是写了一篇文章表达自己的不平。我知道，凤翔老师对浩然、刘绍棠、管桦、从维熙那一代作家太有感情了，他怎么能允许别人随意攻击诽谤呢！本来，凤翔老师在文学界是出了名的老好人，一天到晚跟笑佛似的，人们很少看他发过脾气。通过这次为浩然鸣不平，我看到了他性格的另一面。凤翔老师离开晚报后，新换的几任负责人由于编辑思路发生大的改变，北京的很多作家、艺术家就不再给晚报写文章了。华君武先生甚至公开发表文章，对晚报的改版提出批评。想必凤翔老师看后会是很尴尬的。

我写诗不多，但跟诗歌界来往很多。中国文坛说白了就是个江湖，诗歌圈也是个挺大的江湖，有的以职务、报刊自居，也有的以流派、地域自居，甚至有的干脆以自己的自恋而自傲。江湖山头固然众多，中国诗歌学会显然是个大码头。然而，这几年中国诗歌学会连续损失了雷抒雁、韩作荣、李小雨和张同吾几员主将，大伤元气，一时间弄得人们有些慌张，如果用谈诗歌学会色变来形容，恐怕一点儿也不过分。关于诗歌学会内部的事情，我不想说。我只说，走了的这几位跟我都有一定的交往。我们经常一起开会，到各地采风，喝酒、聊天、讲笑话，彼此都有深刻的记忆。2003 年，我曾到鲁迅文学院第二期高级研讨班学习半年，当时雷抒雁是常务副院长，主持工作。这样，我们就有了真正意义上的师生名分。其实，我跟雷老师 1988 年就认识，那时我尚在北京郊区的农场工作。一个偶然的机会，《工人日报》组织一个文学征文活动，协办方是云南农垦局的一个农场。因此，报社提出颁奖后最好能组织评委和获奖作者到北京农垦系统参观一下。由于我是获奖作者之一，这任务自然就放在我身上。农场的领导对这项活动很支持，从而使我有机会一次结识一大批作家，主要有柳萌、李炳银、胡健等十几人，其中自然有因写出《小草在歌唱》而闻名于文坛的著名诗人雷抒雁。

张同吾 20 世纪 80 年代到中国作家协会工作前曾在北京通州师范学校当语文老师。我所在的农场 20 世纪 50 年代前一直隶属通州，我父母两家的亲属也大都在通州，2000—2008 年我在那里居住了八年。因此，从地域上说我跟张同吾有一种乡情关系。有一次，张同吾告诉我，他在通州的格兰晴天买了一套房。我听后兴奋地对他说，我通州的家就在格兰晴天旁边的梨花园。我还告诉他，他虽然离开通州三十多年了，但他当年播下的文学种子今天依然有着广泛影响。如他的学生胡少先、张果珍等人，每次跟我见面时总会提到他们的张老师。虽然离开通州的张同吾名声越来越大，但当地的主流文学圈子却淡化他，为此他很不爽。在这一点上，我对通州人的心胸很是看不起，尽管那里的文友对我很好。

在中国诗歌学会，李小雨和张同吾是黄金搭档。李小雨是著名诗人李瑛的女儿，我跟这对父女诗人有着二十多年的交往。李瑛先生诗名早，影响大，至今笔耕不辍。有几次，老人家出了新诗集，他近八十岁高龄还骑自行车到报社给我送书。以他的级别，本来是可以坐专用军车或派公勤人员来的。小雨的职业身份是《诗刊》的编辑、主编，她在《诗刊》的几十年，不知经手发表了多少作品，发现扶持了多少诗人。小雨给我的印象是做事认真，坚持自我。我们共同担任过几个文学赛事的评委，包括一起出席文学研讨会，每次发言，小雨都是精心做准备。她常背一个布袋子，里边放着许多稿子。发言时，她会拿着作品一件一件地说，好就是好，孬就是孬，不会像某些老江湖那样说些大而全而空的话。石英先生曾对我说，听小雨发言，是一种享受。与小雨认识多年，我没让她发过一首诗。她倒是为我主持的报纸副刊多次赐稿，多数是为青年诗人写的评论。

熊元义本来在《中国文化报》工作，1995 年调到《文艺报》。我认识他时，我们都在三十岁上下，他那时跟我交流最多的有两件事，一是他一生所执着追求的马克思主义文艺理论研究，二是他的恋爱、婚姻问题。在他结婚前，有两三年吧，他三天两头给我打电话，告诉我他看上了哪个女孩，进展到什么程度。本来，我正为他高兴时，想不到几天后，他又笑着告诉我，又没戏了。我也曾经为他介绍过女朋友，但只见过一两面就黄了。也许是机缘不到吧。六年前，元义真的结了婚，他就不再跟我打电话谈婚姻的事了。但当听他一口一句“我爱人如何”的温馨语句时，我意识到，元义终于有了自己的幸福。去年，他以小女儿的生活素材写了一篇散文给我，大意是告诫孩子不要因为生活在北京，是城里人，就看不起远在湖北乡下的亲人。其用心之良苦之真切，至今想起来还让人心动。2001 年，应花山文艺出版社之约，由我出面策划，请王蒙先生主编了一套“中国文化记者文艺随笔丛书”，元义听说后主动找我，希望能加盟。当时，元义正在为自己写的《假如喜儿嫁给黄世仁会怎样》受到争鸣而兴奋。我问元义他的书名是什么，元义说，叫“拒绝妥协”如何，我说，太好了，就这么定了。半年后，丛书如期出版，在文化记者坊间影响很大，当然，也因此遭到个别同行的嫉妒。元义的马列文论研究坚持多年，逐步形成了他自己的认识体系，只可惜，他人微言轻，最终没有被高层和文学批评主流充分接纳。应该说，元义这些年在文艺理论方面的研究是下了苦功夫的，他所面临的苦衷也是最多的。我不能说他的英年早逝与此有直接关系，但至少人在顺利时免疫力是会大大提高的。

章仲锷、刘茵、何西来是我的编辑前辈，他们很资深。我与他们这几年的交往，主要缘于环境文学和野生动物保护活动。20 世纪 90 年代，由王蒙、曲格平、黄宗英、周明、舒乙、张抗抗、赵大年、徐刚、高桦等人士发起，成立了环境文学研究会，由此开始了环境文学的创作热潮。我是最近十年参与其中的，也因此认识了许多的作家朋友。章仲锷是高桦的先生，曾任《中国作家》常务副主编。章先生最早参与《十月》创刊，后调到《当代》，是新时期中国文学辉煌的见证者。我认识的很多重要作家，他们有影响的大作都是经章先生组稿责编终审。章先生退休后，甘愿在高桦的身后做环境文学的推动者。刘茵与何西来、雷抒雁都是陕西人，因我爱人也是陕西人，周明便把我也算作他们的乡党。陕西作家、评论家在京城是一道风景，阵容整齐、团结、影响大。刘茵曾任《当代》编委，后任《中华文学选刊》主编，她对文坛最大的贡献就是推出了一批有重要影响的报告文学。这几年，她十分关心我的创作，她多次对我说，你的作品视角很独特，但口气很大，能否收敛点？我明白她的意思，也知道她的好心，可我不怕得罪人，我仍然坚持我的文风。她走后，想到她的提醒，我觉得很温暖。何西来是文学评论家，曾任《文学评论》主编。他的整体理论体系我说不好，以我多次的接触，听他发言，知道他的评论是主旋律的，是充满正气的。何先生长得高高大大、方方正正，说话宛如黄钟大吕，秦人都喜欢称他兵马俑。何先生做文踏实，每次见面，他都抱着古书读，还边读边记笔记。他的大会发言像演讲，引经据典，口若悬河，掷地有声，用周明的话说，研讨会有西来在，你就会觉得有底。我对此非常认同。这几年，陕西的几位文友相继去世，周明很痛心，他多次叮咛我，你还年轻，要把陕西年轻的作家、评论家组织起来，不然我们回西安显得太冷清。

周明的话让我感到很凄凉。他毕竟是80岁的人了，以他在中国文坛的独特经历，他是多么想看到新老朋友们昔日聚在一起欢快热闹的景象啊！可是，天有不测风云，人有旦夕祸福，多好的愿望也会因朋友的离去而成为悲伤。这悲伤往往是你不曾预料的。亲爱的人啊，好好地珍惜自己，热爱生活吧。

母爱在这一刻定格

地上的生灵，谁不爱自己的母亲呢？2014年12月12日下午，淮安市淮阴区淮州中学千人大礼堂座无虚席，第六届全球华人“漂母杯”母爱散文大赛颁奖仪式在这里隆重举行。当主持人范小青走上舞台中央，看着黑压压的人群，不由得说了声“今天的观众这么多啊”时，观众会心地报以热烈掌声。

自2009年5月，在淮阴举办“漂母杯”母爱主题散文大赛，至今已成功举办六届，作为这个大赛的主要负责人，我从始至终都具体参与着。如果有人问我，搞这个大赛你最大的动力和收获是什么？我想说，是母爱，是崇高而伟大的母爱！

早在2005年，我受上海学林出版社委托，曾主编一套10卷本的“零距离——名家笔下的灵性文字”大型散文丛书，其中有一本为《致父母》，共收入中外上百位作家写父母的散文。或许是人们对母亲有着天然的感情，在这一百篇散文中，写母亲的占大多数，而且写得明显要比写父亲的好。因为从事写作多年，且又编辑报纸副刊，在平日里总有很多年轻的父母带着孩子找我，希望我能为其孩子辅导，我说，你想写好作文吗？就从最熟悉的人和事去写。那么，你对谁最熟悉呢？当然是你的母亲。

我第一次写我的母亲是在20岁，那时我已经参加工作。记得那年特别流行蝙蝠衫，就是袖口超肥大的那种，通风凉快。我用所得的 20 元稿费为母亲买了一件红色的蝙蝠衫。母亲第一眼看到时异常欣喜，她说很喜欢。当问我多少钱时，我告诉她 20，是用我刚领到的一笔稿费买的（当时我的工资是每月 43 元）。母亲听后，马上转变了态度，她说，我一个企业工人，哪能穿那么艳的衣服上下班？你还是退了吧。我知道母亲说的话不是真心的，她是在心疼我，于是我说，人家店里有言在先，商品售出一概不退。母亲说，你不退我也不穿，你爱给谁给谁吧。母亲的话在当时的我听来十分伤感情，我含着眼泪非常气愤地对母亲喊道：以后我再也不会为你买衣服了！然而，母亲说到做到，在那个炎热的夏天，她竟真的没有穿那件红色的蝙蝠衫。转眼秋天到了，一次我在路上碰到母亲单位的妇联主任，在聊天时，主任对我说，你妈在我们面前总是夸你懂事孝顺。我说，才不是呢，我有许多事她都不支持我，甚至还跟我拧着。主任说，你前些日子是不是给她买过一件红色的蝙蝠衫？我说，是啊，可她说什么也不穿。主任一听，笑着说，才不是呢，你不在家的时候，她试着穿了好几回呢。她只不过不想让你知道，她总是说，孩子每天都写作到半夜，挺不容易的。主任的话让我有些哽咽，多好的母亲啊，她对我的爱原来是这样的方式。这年年底，我写了《我给母亲买了件蝙蝠衫》参加农场里的一次文学征文活动，还被评为特等奖。

漂母不同于孟母和岳母，取材于一饭千金的典故。相传韩信少年时期，由于家境贫寒，经常吃不饱饭，且受人欺负。一位在河边以为别人洗衣为生的老妇见韩信可怜，便把自己的饭给韩信吃。韩信非常感动，发誓将来一旦成事非加倍报答这位仁慈的妇人。多年以后，当韩信辅佐刘邦取得帝王霸业之后，他想到了昔日舍饭于他的妇人。于是，他派人回家乡打听。结果，老妇人于几年前就已经去世了。韩信闻听，非常悲痛，遂命令手下十万将士，每人从合肥兜一袋土，随他赶往老家淮阴，将兜来的土堆在漂母墓上，以示祭奠这位义母。

我第一次听到漂母的故事，就被其深深地打动。所以，当2009年春节刚过，淮阴区委区政府的领导专门到北京和我们中国散文学会的几个负责人谈创立“漂母杯”全球华人母爱主题大赛时，我当时就感觉到这是一个非常有现实感的赛事，其意义已经超出了文学本身。这一年的5月10日，在母亲节到来之际，我们全体与会者集聚在漂母墓前，举行了隆重的颁奖仪式。我没想到，这个散文大赛吸引了几千名中外作者参加，有很多还是名气蛮大的名家。一晃六年过去了，当时有些景象已经忘却，但十里八村的乡亲们看着我们的目光至今让我无法忘记。或许，在这次颁奖活动之前，漂母墓已经沉寂千年了。今天来了这么多人，是来凭吊这位仁慈老者的，还是有着什么现实的诉求？我没有回答，我相信随着时间的流逝，人们终将会明白我们组织者的良苦用心。

按照大会的安排，上午颁奖结束，下午要举行获奖作家的座谈。记得第一次座谈，是由我主持的。本来以为，获奖者无非说些感谢评委感谢大会的精心安排那样的拜年话，哪料，母爱这个话题一打开，马上就变得凝重起来。第一个发言的是已经75岁的从维熙老师，这个当年因写小说而被打成右派在监狱劳改的作家，提起往事，特别是在自己离开北京后，是母亲拖着小脚在照顾他的儿子时，几次哽咽，最后是老泪纵横。一旁有同样遭遇的老作家柳萌，在回忆母亲时，以至难以继续讲述下去。我正要想办法打破这个局面时，老诗人赵恺激动地拉过话筒说，他们二位的母亲想来是伟大的，可我呢？我几乎连母亲都没有见过啊！在我出生不久，正赶上日本的飞机在重庆大轰炸，我的父母双双被炸死。那一刻，我成了孤儿。我不管别人怎么讲中日要友谊，我断然是不能原谅的。现在不能，将来也不能！

母爱座谈会在一片凝固中陷入僵局。我不好再说什么，任眼泪在与会者的眼里涌出。我实在没有理由阻止人们的悲痛与伤心。

“漂母杯”征文的散文没有一篇不感人。我可以肯定地说，但凡从事写作的人，没有哪个人不写母爱的，也没有哪个人不爱自己的母亲的。每次征文，最难的就是评委。如果光从艺术本身去判断优劣，这好办，但如果从母亲之间去判断优劣就很难。世界上的母爱都是一样的，无非是呈现的方式各有不同。

2012年夏天，第四届“漂母杯”散文大赛颁奖仪式如期举行。在这次一等奖的获得者中，有贺龙元帅的女儿贺捷生将军。因跟贺将军是忘年交，我习惯叫她贺老妈，她则称我红老师。贺老妈参评的散文是她写生母蹇先任的。评奖结果出来后，我就把颁奖时间告诉贺老妈。老妈说，她一直想去淮安，不是为了获奖，而是去周恩来总理的故居和纪念馆去瞻仰凭吊。听说贺捷生将军要来总理家乡，淮安市区的领导都很兴奋，他们表示一定要接待好。不料，在颁奖仪式的前三天，贺老妈突然感冒发烧，一连输了几天液。我听后很焦急，担心老妈不能参加颁奖会了。在前三届颁奖会，我们每次都有亮点，譬如来自新加坡的尤今、美国的施雨、加拿大的汪文勤，更有国内的王蒙、从维熙、柳萌、肖复兴、赵丽宏、阿成、葛水平、郭文斌、吕锦华、潘向黎等名家，以及倪萍、吴小莉、李光羲、石维坚等艺术家，冰心先生的女儿吴青、女婿陈恕更是不辞辛苦前来助兴，这些闪光的名字使得“漂母杯”在国内文学赛事中异常闪亮。那么，这第四届最大的亮点就是贺捷生将军的到来了。听到贺老妈生病的消息，淮安的朋友也很焦急，他们一再询问我，贺将军能否到会。这时，我心里也没底了，贺老妈毕竟已经78岁了，我怎好对老人家提出必须来的要求呢？我只有等待，耐心地等待，希望老妈尽快地好起来。

北京到淮安，那一年还没有通航，也没有高铁，只能选择飞往南京，或坐火车到淮安。在颁奖的前一天晚上，我在去淮安的火车上给老妈发了一条短信：老妈身体好些了吗？如果实在没好利索，这次您就不要来了。本来总理家乡的领导乡亲听说您要来，他们已经准备好鲜花，等您为总理献花呢。短信发出后，我一直期待着老妈的回信。但老妈始终没有回信，看来老人家身体还没有恢复，工作人员也不好打扰她。

第二天一早，我到淮安的时候，当地负责同志还在问我贺将军能否如期出席颁奖大会。我说，昨晚联系了，没有得到回音，看来老人家身体还没有康复。于是，大家决定取消原来的计划。然而，一个小时后，我突然接到老妈公务员的电话，说首长决定今天不输液了，他们马上到机场，争取中午一点前到，准时出席两点的颁奖大会。听到这个消息，我既感动又担心，老妈的身体状况能行吗？

真是天助我也！中午十二点四十，当贺老妈的专车准时开到宾馆门口时，我一下就抱住了她，仔细看了看她的脸庞，只是略显倦意，但仍不失往日的风采。在去房间的路上，公务员对我说，昨晚首长休息得比较早，我发的信息他没有转告首长。今天早晨首长正要输液，听完我的信息内容，首长落泪了，她果断决定马上到机场，一定要来参加这个活动。听了公务员的话，除了感动我还能说什么呢？

下午的颁奖会如期举行。晚上，贺老妈早早地就休息了。承办方淮阴区的领导问我，明天一早到周恩来纪念馆敬献花篮，市里、区里的领导由哪些人陪同？我说我问过贺老妈了，老人家说领导都忙，就让我们这些获奖的作家和嘉宾去就行了。

次日一早，贺老妈早早就起来了。或许昨晚休息得很好，老人家显得格外精神。我陪老妈简单地吃完早餐后，便分乘几辆汽车直接开往纪念馆。汽车开进纪念馆后，在宽阔的广场上有一支武警方队正在操练。我当时在想，在前几次我来纪念馆时，并没有看到武警站岗啊！等我们走到周总理汉白玉雕像前，这时武警方队的指挥长忽然命令方队按礼宾方队队列站好，六名战士分别垂立站在六个花篮旁。待我们站好，指挥长快步跑到贺捷生将军面前，立正、举手敬礼，并报告他们是来自武警哪个部队，然后请首长为周恩来总理雕像敬献花篮。（事后贺老妈告诉我，当地武警知道老妈要为周总理敬献花篮，经请示上级，特意安排武警方队以最高礼仪进行，既体现对周总理的无限热爱，也体现对贺龙元帅的无比敬重。）按照事先的准备，我们安排五位同志分别代表不同的单位陪老妈一起走上台阶，为总理敬献花篮。那一刻，我们的心情百感交集，无不深情缅怀这位为中国人民奋斗一生、鞠躬尽瘁的好总理。我看到，当贺老妈一步一步庄严凝重走上台阶、站在花篮前整理挽联时，她的两眼噙满泪花。我知道，那虽然只是短短的几分钟，可在她眼前闪现的却是八十年一百年啊！

尽管我在贺老妈的多篇散文中多次读到周总理与贺龙元帅的故事，也读过贺老妈在长征路上、在延安、在北京被周总理邓颖超妈妈多次怀抱关心成长的故事，每次都被感动过，可当我们献过花篮一一参观总理的陈列室时，贺老妈拉着我的手一刻也没有松开，我感觉得到，她的手是颤抖的是冰凉的。在仿建微缩的西花厅前，老妈声音哽咽着给我讲起当年她在那里与周伯伯邓妈妈相见的情景，说着说着她的眼泪不由得簌簌滚下，幸亏我的口袋里带着两包面巾纸，便两张两张地拿给她。擦完后攥在我手里，整整地装了一衣袋。原定在周恩来纪念馆参观一个小时，由于贺老妈和前来的作家们对总理的感情太深了，大家一致要求多看会儿，我只好决定时间再顺延一个小时。谁会想到，在近两个小时的时间里，贺老妈竟然用掉了我的两包面巾纸。可见她对周总理和邓颖超妈妈的感情有多深！

众所周知，周恩来与邓颖超这对革命伴侣终其一生也没有自己的孩子，但经他们直接或间接关心培养成长起来的孩子却成百上千，或者说上万上亿也不过分。他们传递给后人的既是父爱也是母爱。一生视周恩来、邓颖超夫妇为知己的冰心老人曾说，有了爱就有了一切！

我想，不论是孟母、漂母、岳母这样的伟大母亲，还是周恩来、邓颖超这样的伟人，因为他们的一生把对人民的爱做到了极致，所以后人才会永远地铭记他们。

哦，那三双红蓝套色的拖鞋

女儿的月测成绩出来了，语文 95 分，作文得了 38 分。我问女儿作文题目，女儿说，记一件让你感动的事。我问她，你写的什么事？有没有把我写进去？女儿忽闪着大眼睛，调皮道，等下一次你做一次让我感动的事吧。

几天后，语文卷子发了下来。我迫不及待地拿起作文看起来。

女儿记录的故事很简单。我由于工作的性质，经常出差，顾不得做家务。日常的卫生就由妻子做。有时她也忙碌，或身体不适，她就会给小区里的一家家政公司打电话，找一位小时工到家里帮助收拾。这样的事情，一般都发生在双休日，而我当时都不在家。偶尔在家遇到一个小时工来干活，我几乎也很少和她搭讪。我总觉得，这女人之间的事，男人最好不要介入。

我印象中，家里来的小时工一直是一个姓张的四川女工，个头不高，说话声音有点嘶哑，据她说她家离三峡不远。有一次，她在我房间里擦地，当她看到满屋子的书时，不禁问了句，你家的书真多啊，你看得过来吗？我反问，书多了难道不好吗？小张说，在我们四川农村老家哪里会有你这么多的书，你家是我在这个小区里见到有书最多的。听得出来，小张是很羡慕我的。

跟妻子没事闲聊，她偶尔也会提到小张。小张和丈夫双双到北京打工，她做家政，丈夫做小生意，他们有两个孩子。大的上中学了，小的也上小学五年级了。当然，两个孩子都属于借读生。我问，交赞助费吗？妻子说，没问过，估计多少要交一点儿的。

有一天，小张到我家，说要借几本我女儿用过的课本。妻子问，你们孩子的学校不给孩子准备吗？小张说，她想让孩子提前学点。妻子又问，有人辅导吗？小张回答，她给一个老师做家政，老师在家里每周都给几个学生做辅导，她跟老师商量了，她给老师家免费做家务，老师免费给她孩子做辅导。我说，这个小张蛮会算计的啊！

像小张这样的人我见过很多。在我工作的报社，有个卫生员，她很有眼力见儿，每次见我废弃的书报多了，她都会很热情地对我说，红老师，您的房间需要打扫一下吗？如果我说不忙，过几天再说，她就会说，我知道您忙，没关系，您忙您的，我一会儿就打扫完。卫生员干活很麻利，十几分钟就把房间搞得干净利落。而那些喜欢把报纸攒起来自己去卖的人是享受不到我的快乐的。当然，我这样说，并没有批评别人小气的意思。我之所以这样做，只是基于我们双方都互为满意，用最时髦的话说，这就叫双赢。

小张究竟在我家干过多少次活，我实在说不清楚，十次八次总会有的吧。我最后一次见到小张到我家干活，是前年春节前的一周。那天，小张一大早就来了，我因为要赶年三十的稿子，也没顾及跟小张说几句祝春节快乐的话。大约在我家干了两个多小时，等她快要走的时候，妻子从钱包里取出三百块钱给小张，说一百块钱是工钱，另二百块钱是给孩子的压岁钱。小张推辞不肯要，说，这怎么好意思？妻子说，过了年，孩子就要转学回老家念书了，再见到你指不定哪年哪月呢！小张说，您真好，大姐，我如果再来北京打工，我还到你家来干活。

妻子心善，她这样做是再平常不过的事。我还是那句话，女人间的事，男人最好不要介入。

在以后的这两年中，我们家里不定期地请小时工帮助打扫卫生。虽然有的也见过几面，但终究记不得她们姓字名谁，即使妻子跟我聊上一句半句，我也是有一搭无一搭地搭讪几句。我心里知道，在北京做家政服务的人群多着呢，几万几十万都是有可能的。这些人，在城市人眼里或许算不得什么，他们无非是在做着你出钱我出力的活计，几乎很少有人会记得他们每个人的名字、相貌，哪怕在二十四小时能记住也是一种奢侈呢。可是，你不会想到，在他们每个人的内心，他们对曾经劳动过的每一户家庭却记忆犹新。在这个城市里，他们对于冷酷和温暖比任何人都能深刻体会到。

女儿在文中写道：今年国庆节前夕，母亲突然接到一个电话，来自四川的。母亲平常很少与外界交往，更没有四川的亲戚、朋友、同学，她以为又是各种骚扰电话呢，她马上就给挂了。想不到，又是那个来电显示四川的电话打过来，母亲正要说我不认识你，打算把电话挂下时，只听得里边传来略显耳熟的声音：大姐，你不记得我啦？我是到你家做卫生的小张啊，我在四川哪！这回母亲听明白了，她很高兴地说，小张你好，全家都挺好吗？小张说，好，好得很，只是快两年没来北京，有点想念喽。母亲问，你有什么事吗？小张说，我现在在当地的集镇上开一家百货店，我自己用毛线织了一些拖鞋，卖得很好。母亲听罢，心头一惊，以为小张马上会让她帮助销售拖鞋呢，连忙说，卖得好就好，祝你年年发财。小张说，我在北京打工期间，你对我和孩子很好，我无以回报，打算给你全家每人送一双拖鞋，请问你家还是北京 ×× 小区那个地址吗？母亲说，不要客气，你就好好做你的生意，有时间就带孩子到北京来玩，我们真诚地欢迎你。

电话挂了，母亲原以为事情也就说说过去了。谁知，三天过后，顺丰速递突然将小张说的三双拖鞋送来，母亲又惊又喜，只见那三双拖鞋鞋面是用红蓝两种毛线套色织成，鞋底是黑色橡胶的。母亲穿上一双，在地板上走了走，觉得很舒适。她不禁说道，这小张的手还挺巧的。晚上，父亲回来了，他看到地上的毛线拖鞋，问，新买的？母亲说，不是，是小张送的。父亲问，是哪个小张？母亲说，过去在咱们家做小时工的那个小张。父亲惊喜道，小张回北京啦？母亲说，没有，人家在三峡开了个百货店，这些就是她自产自销的。父亲听罢，感叹道，这个小张不简单，还挺念旧情的。

女儿最后写道：尽管父亲、母亲十分喜爱小张送来的漂亮的拖鞋，可我对小张真的没什么印象了。在这个人人都忙碌的时代，被我们忘记的恐怕还不止小张一人，或许还有小李、小王什么的。那么，我们都记住了什么呢？我不知道。

海棠花儿自己开

小时候吃海棠，是很奢侈的事。记得读过一篇散文，讲周总理在中南海西花厅庭院里种植了两棵海棠树，虽然结的果实不是很多，但总理年年都要给宋庆龄、冰心等一些领导和知名人士送去一些尝尝鲜。前几年秋天也曾到过位于北京什刹海北岸的宋庆龄故居参观，在宋先生招待客人的院落里，也种植着几棵年头久远的海棠树。由此得知，宋先生家是不缺海棠吃的。周总理把自己家的海棠送与宋先生，完全是出于对宋先生的敬重。

长大以后，特别是参加工作后，偶然在一次文友聚会时，听老作家萧军的女儿萧耘和丈夫王建中先生合作演唱了一首内蒙古民歌《敖包相会》，才知道了"如果没有天上的雨水呀，海棠花儿不会自己开"。我当时也心存疑窦，海棠花是什么花？怎么要靠雨水浇灌才开花？如果没有雨水，那海棠花就没法开了？既然花开不了，又怎能结果呢？这件事让我思考了很长时间。后来与萧耘、王建中夫妇成了朋友，特别是知道了他们俩在"文革"中患难相交、不离不弃，尤其是在 20 世纪 90 年代毅然申请提前退休，一心一意整理《萧军文集》时，我才真正理解了《敖包相会》这首歌的深刻内涵。

2007 年夏天，我从北京郊区通州搬到东北三环的西坝河社区居住。我们这个社区包括东里、西里、南里、北里、中里 5 个小区。我所在的西坝河中里 3 号楼，是文化部的产权。我最早走进这个楼，是 1996 年采访著名舞蹈家资华筠先生。那时，我居住在郊区，晚上九点多从资先生家出来，看着满天的星斗，我感慨着：什么时候我也能居住在这栋楼里啊！

由于心里的失落，我那时连路边盛开的海棠花也没注意到。我注意它干吗？它们又不是为我而开的！这当然是我多年后的想法。

2004 年，在报社最后的一次福利分房中，我有幸分到了西坝河中里 3 号楼的一个小两居。这是我多时的梦想啊！尽管这时的 3 号楼已经是老楼了。搬进 3 号楼后，我才发现以前文化部的许多住户（演艺界人士居多）大都已经择新居而栖了。当我于 2007 年带着马上上小学的女儿走进楼道黑乎乎，室内不足 60 平方米的斗室时，发现孩子的脸上有些不悦。不用说，孩子不满意。我们郊区的房子毕竟有近 90 平方米啊！

几天后，一位尚在 3 号楼居住的东方歌舞团的老演员对我说：你可别看这房子小，当年李谷一、姜文、韦唯等许多明星都在这里居住呢！我说，是的是的，我已早有耳闻。我的房子前身就是著名指挥家卞祖善和京剧表演艺术家胡芝风的住所。自从有了这个重大的发现，我就对妻子和女儿说：以后谁要到咱们家串门，嘲笑房子小，你就告诉他，房子虽小，这里居住的曾经都是大艺术家。看谁还敢小看咱！

某日，我突然心血来潮。我想找文化部房管部门，查查昔日究竟有哪些明星大腕在 3 号楼居住过，然后按图索骥，找一笔钱把这些房子都租过来，然后把室内装饰得艺术气息浓郁，四壁挂上艺术家的照片，门口赫然写着“某某明星于某年某月某日至某年某月某日在此居住”的字样。我相信，这样的房子再转手租给那些做明星梦的艺校考生、三流演员，以及那些明星大腕的粉丝钢丝们，一定会得到不菲的收入。我把这个想法告诉了妻子，她说，你还是把自己打造成明星吧。我听后一笑，心说，明星就在眼前，你怎么还不知足？

人要是知足，看什么都是顺的，心情也好。自从我们搬到了西坝河中里小区，邮局、银行、菜市场、居委会、卫生站、幼儿园、小学校、公交车站近在咫尺，极大地方便了我们的生活。更让我得意的是，女儿从一年级至六年级学习成绩在学校一直名列前茅。

或许是因为人内心的和谐，茶余饭后，我们一家三口常在西坝河附近散步。每年清明过后，小区四周的海棠花疯野般地怒放，白色的高洁，粉红的典雅，与早绿的杨柳形成了春天的暖色，让人精神抖擞，信心十足。

“十五的月亮升上了天空哪，为什么旁边没有云彩？……只要哥哥你耐心地等待哟，你心上的人儿就会跑过来哟嗬咿！”这首歌我不知听过唱过多少回，我以为这首歌不单单是一首情歌，也应该是一首激励我们如何自信的劲歌。

划着一根火柴就能照亮整个天空

因为写文章有了点名声，家乡的中学便邀请我去讲讲成功的经验。按年龄，我足可以做学生们的叔叔，但我还是愿意同他们以师弟师妹相称，别的不说，我过去的班主任此时此刻就挤在学生中间，极其认真地听我讲话。本来，我事先一再要求老师不要坐在下边，那样我会感觉很别扭，但老师仍很固执地坚持，而且告诉我这样做可以进一步增强现在学生们的学习自信心。

班主任老师的言行，使我的喉咙有些发咸。尽管她只做过我半年的班主任，回想起来，我们师生之间已经有十几年没联系了。我这次来，她还是打听了几个同学才问到我的电话。我之所以没跟她保持联系，或者说是我不愿跟她联系，直接的原因就是我在初中二年级时一段有关入团的经历。1981 年 11 月的一天，班主任老师把我叫到办公室说，按学校的要求，学生在初二就可以申请加入共青团了。你是班长，作文又写得不错，我推荐你到校团总支担任咱们班入团工作的联络员，第一批争取多发展几名。

就这样，带着班主任老师对自己的信任，我开始履行联络员的职责。团总支书记姓李，人长得很漂亮，高中毕业被留校，她姐姐是我们初一时的英语老师。由于是英语课代表，李老师对我一直很好，最明显的是每次英语课堂朗读都让我第一个读，这样便激发了我敢大声说话的勇气。或许是李老师的原因，小李老师从第一次见到我就对我关照有加。按规矩，我们必须先当入团积极分子，而且还要听几次团课，然后再写几次听课感想。我的感想只写了一遍，就顺利通过，而其他的同学大都写上两三遍才勉强过关。当时我很得意，按这样发展，即使班里就发展一名团员，也应该是我。

但我万万没想到，等发展团员大会那天，不论是班主任老师还是校团总支书记，竟没有一个人通知让我参加。那是一个星期六的下午，天气格外晴朗。以往的星期六，我们都要补习外语，学校将我们这一届八个班分成一个重点班七个普通班，从初中二年级起普通班的同学就不再学习外语，如果有人想学外语，只能在星期二下午放学后和星期六下午半天学习。开始，同学们学习外语的积极性还挺高，报名者能有 60 多人，但几个星期下来，就剩下不到 20 人了。等到了初二下半学期，仅仅剩下我和一个叫杰的女同学。尽管如此，老师依然肯教我们，我们俩也非常用心地学。这很像如今的家教，不同的是老师从来没收过我们一分钱。星期五下午，我就得到消息，说星期六下午要举行发展新团员仪式。我问其他几名写入团申请的同学，你们接到通知了吗？他们都说没有。我感到事情很蹊跷。

星期六整整一上午，我始终没有等来下午开会的通知。我开始怀疑消息的准确性。下午一点三十分，我像往常一样早早来到学校。我细心地观察着每一个人。渐渐地，我发现那几个和我一同写入团申请的同学陆续来到学校，见到我，他们都老远地走开了，好像怕跟我说话似的。我知道，他们一定在有意地回避着我。

还好，终于有个胆大的女同学问我，你下午干吗来了？我说我学外语啊。她说，你真勤奋。说罢，她便径自向一个偏僻的教室走去。那个教室不是我们的教室。看着同学远去的背影，我的心情异常地怅惘，眼泪直在眼眶四周打转。我暗自咬紧牙关，我不能就此落泪。

正当我一个人在操场发呆的时候，外语老师从办公室门口冲我喊道："你快来帮帮我，我的钥匙好像忘记带了。"我赶紧跑过去，接过老师手中的皮革书包，她把几个衣兜都翻遍了也没找到钥匙。她开始嘟囔起来：这可怎么好，教室的钥匙也在那串钥匙上哪。我说，您别着急，一会儿别的老师就会来了。老师说，不会的，下午其他老师都到电影院看电影去了。这时，我的同学杰来了。看到我们很狼狈的样子，她说，不行我们今天就不学了。哪想，老师一听马上急了，说不行不行，一个大班就剩你们两个好孩子了，我不能让你们失望。咱们就是在大树底下也要学！老师的话很坚定，弄得我挺心潮澎湃的。

接下来老师更干脆，她走到窗户下，几下就把窗纱上的图钉拔掉，然后揪住我的胳膊，噌的一下迈上窗台，然后冲着我们说，咱们从窗户上跳进去。我有些犹豫，对老师说，这合适吗？老师说，不管那些，你帮着杰一起跳进去，咱们马上上课。

那节英语课究竟都讲了些什么，如今我是一点也想不起来了，但老师领着我们一同跳窗户的情形我至今也没有忘记。至于入团为什么没有被批准，日后我没有问过任何人，任何人也没有告诉过我。我想那已经不重要了。而真正重要的是我在那样小的年纪，在遭受到巨大的挫折时，竟然万分幸运地遇到那样一位勇敢的老师。她不会知道，她那惊人的一跳，于我简直就像一根划着的火柴，一刹那就将整个阴霾的天空照亮了。由此，改变了我的思维，也改变了我的人生。

二十余年过去了，往事匆匆。看着台下的同学们，以及掩映在学生中的班主任老师，此刻我的心情很复杂，我不知道我是该感念她还是怨恨她。至于那位好心的外语老师，我已经久无她的消息了。屈指算来，她如今该到退休的年龄了。也不知她的身体怎样了，我好想她！真的，好想。

第三辑 不尽乡愁

西皮流水

那是 1942 年的冬天，这年的冬天来得早，人们还没准备好过冬的棉衣，暴风雪就堵住了村里人的柴门。家里的人蜷缩在土炕上，等着爷爷从北平城里回来。爷爷是手艺人，在北京前门外的翠香楼做厨师。我们这个村子当时还属于通州，归河北管辖。事实上，那时的通州也不归河北管了，它归大汉奸殷汝耕的伪冀东自治政府管。

爷爷一年也回不了村子几次，尽管他成家还不到三年。奶奶也是通州人，她家很穷，十四五岁就嫁到我们陈家，我猜测她家是看中我爷爷是在城里做事，有饭吃，有钱花。可他们不知道，我曾祖父那一辈家里已经开始败兴了，听我父亲说，在民国初年，我们家在前门一带还开过钟表店的。后来随着战事不断，再加上村里人经常到店里白吃白住，这钟表店也就屁股冒烟倒闭了。多亏我曾祖父留了后手，让我爷爷十三四岁就到饭馆里学徒。爷爷手艺自然不错，在 20 世纪七八十年代，我亲眼看他炖红烧肉，蒸白面馒头，那形状、那味道真叫一个绝。只可惜，我父亲没有跟我爷爷学得一招半式，否则我就不会一辈子只吃我妈做的家常菜了。

城里人不同农村人，有文人形容说，山里的星星多，城里的厕所多。而在我看来，城里和乡下的差别还有很多呢。譬如，农村晚上夜生活少，冬天一摸黑，人们就开始钻被窝了。在贫穷的年代，家家孩子多，其主要原因就是人们的生活方式为制造孩子提供了温床。爷爷是在城里做事，他过去家境好，经常随我曾祖父到广和楼去听戏，也喜欢约几个票友去下场子凑热闹。这点我父亲倒是耳濡目染，学了几段黑头花脸，闲暇没事，找几个戏迷时常在自家的庭院唱上两三个小时。

爷爷从城里回来，总是能带着雪白的馒头、炖熟的猪头下货，钱多心情好时还有点心、茶叶、白糖，这让村里人很是羡煞。20世纪60年代初，我母亲嫁给我父亲时，爷爷还保持着过去的习惯。村里的街坊，本姓族人，不管岁数大小，男女老少，都盼着爷爷从城里回来的日子。这些人会在爷爷回来的这一两天，一起吃肥肠，喝花茶，还能听爷爷讲城里有意思的故事。爷爷高兴了，顺便免不了还要唱几段京剧。待爷爷回城了，家里又恢复了往日的冷清。我奶奶把剩下的熟肉、点心偷偷地藏起来，留着给她和我姑姑吃。我母亲则一边到田地里干活儿，一边还要每周用篮子到五里路远的煤站去担煤。煤担回来了，母亲负责生火，这火除了自家做饭烧水，其他的邻居家也提着水壶到我们家里烧水。一天两天可以，时间长了，母亲就忍不住了，对奶奶埋怨道：您不能这样过日子，火老这么烧，得花多少钱啊！奶奶说，她也没办法，都是老街旧坊的，赚便宜习惯了，想说谁也挨不下这个脸来。母亲说，得罪人的事您不愿干，我干，反正受累的人是我，再挨点骂也算不得什么。

母亲的怨气并没有制止那些到我家赚便宜的人，他们反而联合起来给我母亲开了一个批斗会。我母亲不服，他们就孤立我母亲，让村里人不跟我母亲说话。

话有点扯远了。再说 1942 年冬天，我爷爷是在阳历年前夕那天从城里赶到村上的。以前他回村里都要从双桥火车站下车，然后步行七八里地才能到家。这次他是搭一辆进城送棉花的马车回来的。车把式是爷爷的一个熟人，家住在咸宁侯村。咸宁侯村在我们于家围村东北五六里地，再往东是郭家场村，往南是双树村、石槽村。这几个村之间是一马平川，约有三千亩庄稼地。每年的春种秋收，少不得农人们聚在一起劳动的热闹场面。兴许这地方离北平较近，在卢沟桥事变之前，虽说农家的日子不富裕，可温饱还是能解决的。等进入到 1940 年，随着伪冀东反动政府的建立，驻扎在通州县城里的汉奸、特务、伪军以及地痞流氓，便经常到这一代祸害。听我母亲说，她小时候就知道于家围这边闹土匪。人们到这里的村上串亲戚，一般都上午早来，下午早回，生怕撞上土匪恶霸。这些人是不会跟你讲理的。

爷爷的敲门声是在晚上十一点多传来的。农村人冬天睡觉早，晚十点已经算是夜深人静了，爷爷的敲门声惊动了街坊的几只机警的狗，它们跟商量好似的，汪汪地一阵乱叫，仿佛家里遭了匪劫。奶奶虽然已经是两个孩子的母亲了，但毕竟还是女人，胆小不敢开门。还是我老祖奶奶经事多，胆大，她趿拉着小脚去给爷爷开门。爷爷进来，浑身都是白雪，手里拎的东西好像被打劫过，有一搭没一搭的。祖奶奶见儿子这样，就问，儿啊，你怎么赶这么个天回来啊？爷爷说，我做梦了，梦见一家人过年没饭吃了。祖奶奶用笤帚把爷爷身上的雪扫净，这时奶奶已经起来把煤油灯点着。

奶奶问，饿了吧，我给你煮点粥吃。爷爷说，我不饿，你们都抓紧睡吧，屋里冷。

爷爷喝了一碗热水。由于紧张，他现在根本无法入睡。他斜靠在外屋一堆麦秸上，回想着几个小时前的一幕。

中午饭店打烊后，爷爷就把厨房的火封好。他把事先买好的三十斤玉米面和三四斤猪下货，以及二斤肥猪油包好，径自从前门往东便门走。他和咸宁侯村往城里送棉花的老朋友吴二哥约好了，下午三点会面。吴二哥家是干脚力行的，他爷爷过去拉洋车，后来有了几个钱，在咸宁侯村娶了个媳妇。儿子大了以后，他就花钱买了几亩薄地，又置办了一头大青骡子。农活重的时候，就用骡子耕地、装运粮食；农闲时，就套上大车，让儿子去给有钱人家运送货物，赚点零花钱。等吴二哥长大后，他爷爷去世了，家里的大青骡子也死了。他父亲随着年龄增大，再加上得了痨病，就不再做苦力活了。吴二哥从小不喜欢骡子，他喜欢马，而且是枣红马。只可惜通州附近没有什么像样的马。后来，他托人从张家口那边弄来一匹枣红马，个头虽然不太大，但瞅着精神。前些年，吴二哥就是凭着这匹枣红马，不但往返北平城挣了钱，还说了一房漂亮媳妇。那媳妇可不是村里的丫头，是通州城里一个正儿八经买卖人家的闺女。

爷爷到了东便门后，稍等了五分钟，吴二哥赶着马车就过来了。车厢里可不是空的，有散装的白酒、米醋、酱油、黄酱，也有被面、针头线脑等杂货，这都是他从虎坊桥摊商那儿批发来的。今天他回家，明天一早再去通州给老丈人的杂货铺送去。见到爷爷来了，吴二哥客气地说，兄弟让你久等了，这几天城里查得紧，耽误了点时间。爷爷说，兵荒马乱的，是得当心点。吴二哥压低嗓门说，实话跟你说，这日本人不是东西，还有比日本人更不是东西的，你猜，实话告诉你，是汉奸，穿便衣的汉奸。要是被他们盯上了，肯定没有好果子吃。爷爷拉了拉吴二哥说，大雪天，不说了，当心让别人听见，咱们赶路吧。

大车出了东便门，沿通惠河奔高碑店走。过了高碑店，是花园闸，再过了花园闸，就来到双桥火车站。双桥火车站建的时间不长，不过三四年时间，主要是为了伪冀东政府和北平城里的日本人联系方便。殷汝耕这个大汉奸，虽然他手里也有几万队伍，可他还是担心八路军哪天从平西太行山上过来，要了他的脑袋。兴许是快到家了，爷爷和吴二哥两个人不由得说唱起来。吴二哥不喜欢唱京剧，可对城里的奇闻逸事知道得不少。路上他会眉飞色舞地讲给爷爷听。爷爷喜欢京剧，来了兴致，便来段西皮二六："我正在城楼观山景，却原来是司马发来的兵。你连得三城多侥幸，我诸葛在敌楼把驾等，我又无有埋伏又无有兵。"唱到高潮，吴二哥就会手摇马鞭在空中打个脆响，口中叫道："好！"于是，爷爷又十分得意地来一段《贵妃醉酒》。

爷爷和吴二哥当时的年龄也就二十五六岁，对于国家政治，对于日本军队为什么侵入中国，卢沟桥事变到底是怎么回事，他们大抵是不怎么关心的，至多也就是私下里议论一下。他们觉得，这国家大事，轮不到他们这等平头百姓去考虑，他们要做的就是出苦力，挣点钱，让一家老小过安稳日子。可他们哪里会知道，树欲静而风不止，正当他们俩春风得意、沾沾自喜时，一场大祸就摆在了眼前。

以往，他们从火车站后街走是没人管的，今天，却突然增加了岗哨，两个日本兵，四个伪军。爷爷在城里工作，成天见日本人、伪军、汉奸、警察，心里并不怎么怕。吴二哥呢，天天跑运输，见多识广，对这些日军、伪军也不打怵。他们赶着马车，来到岗哨近前，一个伪军冲着吴二哥喊道："站住，你们是干什么的？"

吴二哥赶忙欠欠身回答："老总，我是到北平城里送棉花的。"

"那你呢？"伪军又看了我爷爷一眼，问道。

"老总，我是前门外翠香楼的伙计，这是回村里看老人孩子。"

"你们不知道吗？今天皇军要在这一带建电台，所有的人出入都要检查。"

"建电台？电台是干啥的？"吴二哥一头雾水地问。

"八嘎，再问死啦死啦的！"这时，一个日本兵过来吼道。

见日本兵发火了，两个伪军凑近车厢，朝里边看了看，说："这里边都装了什么东西？"

"就是一些老百姓生活用的油盐酱醋，针头线脑。"吴二哥从容地回道。

"胡说，谁家一下能买这些东西？我看你们俩是通共，给我抓起来！"

"老总，你们不能这么冤枉人。我这是给我老丈人批的货，明天就送到通州去。"

值岗的日伪军才不管你冤枉不冤枉呢，他们用枪托子将爷爷和吴二哥一通乱打，连车带人一起抓进了军营。军营位于火车站的东南三四里路，与咸宁侯村西只相距几百米。这里以前是农家的玉米地，今天早晨以日军北平后勤机关偕行社鹤村为首的日伪军、便衣队，突然开进一百余人，他们在这片开阔地转了一圈后，最后确定在这里建立日军电台。我爷爷他们俩被抓进来的时候，这里已经有周围几个村的四五十号青壮年被关在一顶帐篷里了。见我爷爷和吴二哥长相跟村里的小伙子有些不一样，鹤村就让两个伪军把他们押过去审讯。

鹤村问我爷爷：“你的，什么的干活？”

爷爷回答：“我的北平城里饭店里的厨师，回乡下看老人孩子。”

“厨师？”鹤村疑惑地围绕着我爷爷转了一圈，“你在哪个饭店？”

“前门外的翠香楼。”爷爷很是骄傲地说。

“翠香楼，哟西。大大地好，我的和中国朋友去过。”鹤村一听说是翠香楼，马上来了精神。他眼珠一转，说道：“我的跟你商量一下，你能否今晚给我做几道菜，让皇军米西米西？”

“不行啊，皇军，我的今天是回家，老人和孩子还等着米下锅呢！”

“混蛋，什么不行，皇军说让你做菜你就做菜，别给脸不要脸。”一个便衣打扮的家伙从斜刺里钻出来，恶狠狠地对爷爷吼道。

“八嘎！对他的动粗的不行。”鹤村显然对便衣特务的做法有些不满。

鹤村今年快四十岁了，军衔是少佐。这个家伙参加了卢沟桥事变，杀人如麻，据说进城后亲手用刺刀挑死了三个受伤的国民党士兵，许多年轻的日本士兵都视他为英雄。本来，这几年他的官运可以更好一些，只是他的性格太过于凶猛，不适合在相对和平的北平城里与各种人等打交道。为了磨砺他，日本军部有意安排他到偕行社，做后勤保障供应。他此行来双桥的目的有两个：一是建立电台；二是在咸宁侯、郭家场、双树、石槽、于家围之间的三千亩土地上强行建立农场，专门为城里的日军军部机关提供牛奶、鸡蛋、蔬菜、猪肉等副食品。临来双桥之前，日本军部长官专门找鹤村谈话，希望他尽可能采取绥靖政策，最好能让当地的伪政权和老百姓配合，不到万不得已，决不允许开枪杀人。鹤村带着一小队日军骑兵和一中队的伪军，是今天凌晨五点从北平城里开过来的。

鹤村先来到双桥火车站，驻守在这里的日军军曹见鹤村来了，很是逢迎，专门在中午为鹤村准备了一桌酒菜。鹤村在北平城里的饭店吃惯了嘴，对双桥火车站的饭菜一点也不觉得好吃。他喜欢中国菜，而且还有一定的研究。他来双桥前就想，我这次带着这一百多人到了那荒郊野外的地方，虽然在生活上有标准供应，但要像北平城里那样过美食日子，恐怕就难了。他曾设想，要是能从北平城里带一个像样的厨师跟着来就好了。可他又不敢太张扬，他知道他正处在军部的考验期。

正式行动是下午开始的。鹤村让当地的伪乡长、伪保长下午两点到双桥火车站站长办公室开会，由于外面下雪路滑，有两个保长晚来了十分钟，结果鹤村非常恼火，让手下人分别打了二十个大嘴巴。接着，他宣布命令：根据日本关东军驻北平军部命令，决定从即日起在双桥一带建立日本电台和农场，涉及所有当地农民土地，一律无偿归皇军所有，失去土地的农户，想要在农场做工，可以优先安排，凡有不服从命令者，一律枪决。

鹤村的命令，让前来开会的伪乡长、伪保长面面相觑。他们不好说马上执行，又不敢说不执行。看到这些伪乡长、伪保长惊恐的样子，鹤村说，你们马上回去宣传，我随后派部队到各村配合，最好今天就能招上几十个农场工人，记住，一定要年轻力壮的。对工作开展得好的，皇军将大大地奖赏。

“× 你日本人的八辈祖宗！”出了火车站，挨打的两个伪保长冲着天撕心裂肺地吼道。

此时，雪下得更大了，像棉絮，像鹅毛，更像送葬人抛撒的纸钱。

因为是下雪天，工作进展得并不是很顺利。鹤村最后下了死命令，天黑前就是捆也要捆来几十个农场工人。开始，这些年轻的后生还想反抗，但一听到日本人朝天放的枪声，他们不得不低下了头。来到电台的选址地，鹤村让他们挖壕沟、搭窝棚，直到七点才干完。这时，双桥火车站的日本军曹来电话，问鹤村今晚几点到火车站歇息。鹤村想都没想说道，就在野外驻扎，我要让中国人看看皇军的意志有多强大。

就在这当口，我爷爷和吴二哥被几个日伪军给抓来了。本来鹤村就好吃，又逢今天是个风雪交加的日子，一个厨师的出现，不亚于是上天送来的礼物，鹤村当然要对爷爷笑脸相赔了。

鹤村把翻译官叫到一边，耳语了一阵，翻译官便笑呵呵地把我爷爷叫到背风处说：兄弟啊，咱们都是中国人，我实话告诉你，这个日本军官叫鹤村，非常凶残，杀人不眨眼，他有心让你到农场当厨师。你要是答应呢，每月给你开的工资比你在城里饭店多一倍。你要是不答应呢，他说不定会翻脸。他要是翻脸，轻则打你个残废，重了，说不定会要了你的命。你考虑一下吧。

听完翻译官的话，我爷爷的心忽悠一下，感觉头都大了。他想，这留与不留都是个问题。留吧，专门伺候日本人，这跟汉奸没什么两样。不留吧，说不定这个日本鬼子真能把我杀了。我死是小事，可一家老小怎么办？我爷爷陷入了两难的境地。

在翻译官同我爷爷交流的时候，鹤村又开始审问吴二哥。鹤村问："你的车里拉这么多的副食品，足够一个连吃半年的，你的是不是私通八路？"

"冤枉啊太君，我吴二哥长年做买卖，跑货运，城里城外谁不知道啊！"吴二哥一脸委屈地回答。

"你的胡说，如果不从实招来，死啦死啦的！"

"我真的没有私通八路，我们这地方连八路的影子也没见过呀！"

"我看你不老实，良心大大地坏了。"鹤村突然脾气暴躁起来，他左手抓起吴二哥的胸襟，右手跟着就朝吴二哥的面门打来。吴二哥从小练过武术，对鹤村这种蛮横不讲理，他再也压不住满腔的愤怒，身子往旁边一闪，顺势提起右腿，照着鹤村的裆部猛踢过去。鹤村躲闪不及，当即被踢得仰面倒下，双手捂着裆部嗷嗷怪叫。这下，站在一旁的日本兵不干了，五六个人端着刺刀一起冲向吴二哥。吴二哥也真不简单，抄起一根木棒跟日本鬼子拼打在一起，开始他还能抵挡一阵，无奈双拳难敌四手，最终因寡不敌众，被鬼子活活地挑死在地上。临死前，他冲着看得已经发呆的爷爷喊道："兄弟，想着到我家捎个话，就说我死得不孬！"

"吴二哥，好样的！"抓来的人群中，不知是谁喊了一嗓子。

于是，所有的人都一起喊道：“吴二哥，好样的！”

战争期间，每天都会死人的。自从卢沟桥事变后，人们对日本人枪杀中国人已经习以为常了。尽管如此，生活在北平东南郊这一带的老实善良的人们，当他们亲眼看着自己的同胞被日本人杀害时，还是被震慑住了。大家呆呆地看着被鲜血染红的吴二哥，以及他身下染红的雪地，此时的空气都快被凝住了。

鹤村摇晃着身子站起来，踉跄着走到吴二哥的尸体旁，他猛地从腰间抽出明晃晃的战刀，照着吴二哥一阵乱砍。即使这样，鹤村还嫌不解气，他命令翻译官把我爷爷叫过来。鹤村吼道：“你的要像剃猪肉一样，把这个混蛋一刀刀凌迟。”

“太君，这个万万不能的，他已经死了，您就行行好，让他留个全尸吧。”

“八嘎，绝对不行！他冒犯了皇军，必须凌迟。”

“太君，他千不对万不对，您就看在我的面子上，我答应给您做厨师了，还不行？”爷爷说着，用祈求的眼光看着翻译官，希望他帮着来说情。

翻译官知道鹤村此行到双桥来的真正目的，他走到鹤村近前，哩哩哇哇地说了一通日语，意思是说，这个叫吴二哥的人尽管触犯了皇军，但毕竟被杀死了。如果要继续凌迟，势必会激起地方老百姓的众怒，一旦事态扩大，将不好收拾。鹤村想了想，就对我爷爷说：“你的良民大大的，就给你个面子。不过，这件事永远不要说出去，如果要说出去，就全家死啦死啦的！”

见状，翻译官连忙就势讨好鹤村说：“我看这里的环境太恶劣了，您还是到火车站歇息吧。”

经过一下午的折腾，鹤村现在也确实感到累了。他对翻译官说："也好，开路，开路的。"

鹤村决定，他带一个班的日军到火车站居住，其余的日伪军都留在电台营地。翻译官问吴二哥的尸体是否可以通知村里来人领走，鹤村喝道："不行，拖到荒地里掩埋，绝对不要让老百姓知道。"

我爷爷没有办法，他只好跟着翻译官带着几个伪军，在两个日本兵的监督下，把吴二哥偷偷地掩埋了。掩埋完，爷爷跪在吴二哥的坟前，哭着唱了一段西皮流水《铡美案》。两个日本兵看着我爷爷一腔悲愤的样子，不明白怎么回事，翻译官只好糊涂着解释说，这是中国人的习俗，人死后都要唱歌。

晚饭后，日伪军在帐篷外燃起一个柴堆，让抓来的村民不断地从四下找柴火烧。趁着夜色，在翻译官的帮助下，我爷爷悄悄离开电台军营，他先到咸宁侯村吴二哥家，告诉他媳妇吴二哥在城里出了事，被日本宪兵队抓走了，具体什么时候放出来，也说不定。然后，他才在雪野中深一脚浅一脚地走回家。

现在，爷爷面对着凄凉的四周，想想几个小时前的一幕，他想哭，又哭不出来。他的牙关咬得紧紧的，他恨不得把鹤村那帮小日本儿千刀万剐了，这帮没人性的畜生！他今晚必须做出决定，要么明天去电台军营，为鹤村做厨师；要么远逃，北平城是去不成了。去哪里呢？去天津，去保定，可那里也有日本军队啊。于是，他想到了平北，据说那里有抗日游击队。可是，到了游击队他会干什么呢？难道给游击队做饭不成？

爷爷在各种想象中睡着了。当他醒来的时候，发现街门已经被打开了，村里几个年轻的后生走进来，兴奋地对爷爷说："大哥，告诉你一个好消息，昨天夜里平北游击队来了，把火车站的炮楼端了，听说打死了一个少佐。你在城里见识多，这少佐是多大的官啊！"

"啊，鹤村死了，鹤村死了！"爷爷听到鹤村死了的消息，不由得大声惊叫起来。后生们有些奇怪，问爷爷："怎么你知道那个日本少佐叫鹤村？"

"对，这个刽子手欠咱们中国人的太多了，该杀，该杀！"

"该杀那你就给兄弟们唱一段吧。"

"不行，这里距电台兵营太近，我们还是留着以后再唱吧。说不定鬼子马上就会来报复的。"

"来吧，我们都准备好了。我们再也不当亡国奴了。"

"对，我们再也不能忍让，再也不能当亡国奴了！"

村里的后生们坚定地喊着。此刻，爷爷决定哪里也不去了，他把菜刀别进腰里，他要和后生们一道，不惜用生命去保护自己的土地，还有自己的亲人和同胞。

那榆荫下的一潭

几次到淮安，几次到淮安的吴承恩故居，几次回来后都说要为吴承恩写上点文字。毕竟淮安的朋友太盛情了，毕竟小时候读看《西游记》上瘾，以至多年后仍在回忆那崇拜孙悟空的少年岁月。可直到今天，终究没有写出来。不是我对吴承恩没有感觉，实在是感觉多得无从下笔。

最近一次去吴承恩故居是在 2013 年的 8 月。记得那天天气闷热，由于胸闷，刚走进院子，我就径自在吴承恩著书的院落里选择一片荫凉处坐下。这院子不大，院子当中种植着两棵桂花树，树下镶嵌着一座十几平方米的水池，姑且可以称作香潭吧。听讲解员说，吴承恩晚年写《西游记》就在这里。

吴承恩公元 1500 年出生在一个商人家庭，他后来通过考试考取了县丞一级的职务，相当于今天的副处级。后来干得不开心，他就辞职在家当专业作家了。不过，他那时没有什么稿费收入，也不会有什么讲课费，估计是吃家底了。人就是这样，家境越贫穷，越能充满想象。不然，在交通不发达的明朝，吴老师怎么能创造出《西游记》那样的神话故事呢?

坐在香潭的旁边，我不由得想到徐志摩的那首《再别康桥》。特别是诗中的那几句“那榆荫下的一潭，不是清泉，是天上虹；

揉碎在浮藻间，沉淀着彩虹似的梦”，让我不由得想到远在北京郊区我曾经居住过的几处宅院。尽管我们家的院落里不曾有过什么香潭，但“榆荫”总还是有的。

我所居住的乡村位于北京通惠河的南方五六里，南北走向的通惠河支渠紧临村庄的西侧，小时候我们一群伙伴常到渠水里游泳，胆大水性好的还敢从三五米高的闸桥上往下跳。每到开春的季节，通惠河里的水就会被抽水机抽上来，顺着十几里蜿蜒的沟渠流进大小的麦田里。等到麦收之后，麦田就变成了稻田。那可是孩子们最喜欢的地方，因为稻田里有的是蜻蜓。

村子的中央有一条河。河没有名字，其实就是连接村西通惠河支渠的一条水渠。水渠在新中国成立前并不是渠，而是一条大道，这大道西至北京广渠门，东到通县的张家湾。早年间，通惠河开通前，从通州到北京的土路主要是从通州西门到北京朝阳门和从通州张家湾到北京广渠门的两条路。天气好些，马车、轿子、木独轮车纷纷从东西两路驶来，人来人往，络绎不绝。听村上的老人讲，新中国成立前夕，村中的黄土大道还人流不断，等通惠河北侧的油漆公路正式开通后，人们就渐渐不走这条雨天泥泞的土路了。20 世纪 70 年代，村中河流里的水十分清澈，鱼虾随处可见。等到了 80 年代，随着通惠河被严重污染，村中的河里也就什么都见不到了。

我家门前五六十米，就是村里的无名河。离无名河不远处，位于村中央有一口井，井台上有两个磨盘样的井口，村上人都喜欢到这口井里打水。关于这口井有一个传说。1949 年初，北平解放前夕，人民解放军的一个团入驻村里。本来村里有六七眼井，供二三百户人用水。突然来了一个团，一千多棒小伙子，不要说吃住，喝水都成了问题。正当村干部们为此焦急时，忽然有人说，村中央的井水比原来上涨了一米多，几十人轮流打水，水就是不减少。村干部一听，这可是意外之喜，连忙跑去观看，果然如此。村上一位懂点阴阳八卦的人说，这是天意，解放军乃天兵天将，看来这天真的就要亮了。

我是 1967 年出生的。我喝的水自然是村中央的那口井里的水。村里有了自来水是 1975 年的事。在以前的八年中，我每天都会看到父亲去村中的大井打水。家里有一口大大的水缸，夏天就放在院中央。里边可以蹲着一个大人。这水缸可以放三挑半水，也就是 7 桶水。夏天水缸里的水除了做饭饮用，还可以用来晚上洗澡。1972 年夏天，家里住进三个女知青。天气热，她们一直想洗个澡，便问母亲村里有洗澡的地方吗，母亲一听笑了，说农村没那个条件，要洗就在傍晚擦黑的时候，在院子里弄一盆水，从头到脚浇个透。知青们听后，说那多难为情啊！母亲说，村里人都这样，你们慢慢就习惯了。那一年我 5 岁，知青们十七八岁，开始知青姐姐们洗澡，母亲还让我待在屋里不许往外瞧。父亲则挑着水桶到村中央大井。村里的男人们每到夏天，都喜欢到大井去打水。井台四周很宽，足够二十几个男人在那里洗澡，聊天。男人们这时都赤条条的，打上一桶水，身上涂上胰子，然后拼命地搓。如果一个人搓得不起劲，就让旁边的人帮助搓。搓到痒痛处，便会夸张地叫上几声，骂上几句。我们一帮小孩子常常站在下边的石头上看着他们的样子开心。

父亲往家里挑水，很少有挑满的时候，他一般只挑两挑水，说够用的就行了。母亲为此常抱怨父亲偷懒。比起村上的壮汉，父亲力气肯定不如人，但父亲比他们有文化，尤其对历史、民俗、戏曲有着很深的研究。他十五六岁就在村上当干部，等到知青来到村上，父亲已经当上贫协主席了。父亲一辈子热衷政治，“文化大革命”的十年，是他感到非常幸福充实的时期。后来长大了，我在接触的父辈人群中，发现像父亲一样热衷政治的人相当多。自从家里来了女知青，父亲再忙也得抓时间去大井挑水。有几次，父亲因为参加村上的会议，没有挑水，害得母亲和女知青们在院子里团团转。无奈，母亲只好让街坊帮助挑两挑。晚上父亲回来，母亲也不管知青们住在家里，没头没脸地给父亲骂了一通。父亲自知没理可讲，只得在夜色中挑着两只水桶去大井打水。时间长了，知青们也觉得难为情，先是找男知青帮助打水，最后则干脆自己锻炼去打水。自然，刚开始的时候，常常会出现把水桶掉进水井的情况，等慢慢熟练了，找到了窍门儿，就很少发生那样的事了。

我家的院子很大，足有一百多平方米。右侧是西厢房，里边不住人，放煤球和农具等杂物。左侧靠墙的地方有两棵枣树，高大茂密，春末夏初枣花飘香，秋天硕果累累，常常吸引好多的小孩到树下垂涎欲滴。那时的农村，家家院子里都种蔬菜，茄子、豆角、黄瓜、韭菜、菠菜、芹菜、冬瓜、倭瓜、丝瓜等，竞相开花结果。由于我们家东墙边两棵高大枣树遮阳光的缘故，这院子种什么都长不好。起初，我父母并没意识到枣树的问题，他们总抱怨对方不会种菜。他们最爱说的一句话是：看你笨的，你看谁谁家那茄子、豆角种得多好。结果，对方听烦了，便回敬道：谁家种得好，你跟谁家过去！这样不友好的话说好说，听起来十分刺耳，于是，他们彼此不得不发生一次次争吵谩骂。

父亲不会干农活是有历史原因的。听父亲说我们祖上是随清军入关的，应属满族人。在我曾祖父那一代，家庭开始衰落。据说在北京前门一带，我们家还有一家钟表店。等我记事时，这些都只是传说了。我只知道我爷爷在北京积水潭医院做厨师。爷爷喜欢京剧，偶尔也到风雷京剧团客串一把。我奶奶是通州人，新中国成立前嫁给我爷爷，大概图的就是我们家有一定的家业。20世纪六七十年代，中国人的日子过得都比较贫穷。我奶奶在1967年我出生后不久便去世了。隔了一年，爷爷在城里与北京安定医院的一个护士结了婚。这护士家里有两个女儿，都还未曾出嫁。在过去，爷爷每月给家里20块钱，买米买面买煤基本够用。自从爷爷续弦之后，每月的20块钱就不再给了。每年我同父亲到城里爷爷家去一次，临走时爷爷一般给我们买上几块钱肥肉，然后再给父亲手里塞10块钱，就相当地不错了。为此，母亲常对我们抱怨爷爷不顾家，把钱都给人家的孩子了。

在农村，过去很少有买瓜子、花生吃的。瓜子一般都是自家种。瓜子当然是葵花子。我们当地人把向日葵都叫转日莲，即随着太阳从日出转到日落的莲花，我觉得很形象。大约是1973年清明过后，母亲突然来了兴致，在一天早晨突然把院子里的硬土翻挖了一遍，说要种满转日莲。父亲中午回来后，看到满院子已经种满了转日莲，很生气，怒斥母亲说，谁家过日子满院子种转日莲！母亲不甘示弱，说，我就喜欢种，我家的院子谁也管不着！父亲见母亲如此针尖对麦芒地顶撞他，就气愤地把那些刚种上的转日莲小苗全拔掉了。这下，彻底激怒了桀骜不驯的母亲，她大骂，与父亲在院子里厮打起来。我和哥哥、妹妹被吓得哭成一团，不知道怎么劝才好。

后来，在街坊们的劝说下，这场青苗之战才告结束。在当时，我们谁也没问母亲为什么要下决心种满院子的转日莲。多年后，我和父母没事聊天问及此事。母亲说，那一年的春节前夕，她到一本家大妈家借笸箩筛面。进得院子里，大妈就迎了出来。听了母亲的来意后，她就说笸箩在屋里。母亲说我跟您去取，可大妈却拦着不让进，说屋里太乱，不好看。这样，母亲只好站在院子里等。约莫过了 5 分钟，大妈才从屋里出来。出来时，大妈迅速地把门关上，好像里边有什么事情不好示人。黄昏时分，大妈的孙女和我妹妹一起玩，妹妹见大妈的孙女兜里装着好多瓜子，嗑起来啪啪作响，就伸手去要。然而，大妈的孙女却吝啬地不肯给，而且说这是她奶奶刚给她炒的，说不许给别人吃。妹妹央求说，你就给我几个嘛。大妈的孙女说，不给就不给，我奶奶要知道就再也不给我炒了。妹妹见大妈的孙女如此小气，便赌气不跟她玩了。妹妹回到家后，便闹着让母亲给她炒瓜子吃，母亲说，咱家今年的转日莲没长好，等过几天到姥姥家给你要点再炒吧。妹妹对此并不接受，嗷的一声大声哭了起来，母亲因为正忙着做饭，便没好气地顺手用沾面的手给了妹妹一巴掌。结果，妹妹哭得更凶了。这时，母亲才想到，她今天下午到大妈家借笸箩人家为什么不让她进屋里。也就是从那天起，母亲一直暗下决心，等春暖花开时她要种满院子的转日莲。

这就是母亲，一位为了孩子可以种下仇恨的母亲。

好日子越过越短，贫穷的日子却总觉得漫长。在我少年的记忆里，我家的院子里几乎没有什么快乐。我记忆最深的当属 1976 年。那一年中国发生的事情太多了，以至到今天很多人回忆起来仍然心有余悸。

7 月 28 日凌晨两三点，我们一家人正在大睡之时，忽然听到玻璃发出哗啦啦的巨响。以前，黄鼠狼晚上到鸡窝抓鸡，也曾让我们一家人惊恐万分，但这次比那刺激要强烈得多。我只听得母亲大叫：有贼啦！有贼啦！（在农村，把夜晚家里来了小偷流氓，就叫有贼啦。）父亲听到后并没有马上起来，他先愣了一下，很快意识到这不是有贼，而是发生地震了。他二话不说，两只胳膊夹着我和妹妹就冲到院子当中。此时，满村的人都动了起来，人们高喊着：地震啦！地震啦！父亲把我们一家人安排在水缸旁边，一再叮嘱我们不要动，他说他要到村上看看。我们自然理解父亲，谁让他是村上的干部呢！一个小时后，父亲从村上回来，还好，村上没有什么损失。他和村上的其他领导商量后，挨门入户通知都暂时不要回到屋里睡觉了，以免余震发生。第二天，根据上级通知，家家开始在院子里搭防震棚。或许是少年不知愁滋味吧，我们一帮子小孩住进防震棚感到非常开心。大家互相串门、玩耍、打牌。过了一周，消息渐渐传来，唐山发生了 7.8 级大地震，死亡了好多人。这时，我们才知道自己有多么无知。

9 月中旬，一天下午放学回家，我见院子里围了很多人。走近前一看，母亲正坐在地上哭呢。再往旁边一看，只见在我家的饭桌上平躺着一头已经把毛剔得精光的猪。桌子的旁边，是一潭还冒着热气的污水。啊，杀猪了！我失声叫道。见我回来，母亲哭得更伤心，说，这日子可怎么过啊，眼看猪就长到一百多斤，再过些日子就可以长到 120 斤，那样就可以卖了。这一年的挑费全指望这头猪呢！父亲毕竟是村干部，他张罗着杀猪的小伙子，动作麻利点。长这么大，我是第一次看人杀猪。我惊愕地看到杀猪人是那么的勇敢快乐，他第一刀就是直捅猪的咽喉，目的是放血。第二刀便是在胸膛直直地划一个大口子，即所谓的开膛破肚。然后，杀猪人熟练地把五脏六腑统统地扒出来，一一放进脸盆里。接着，就是对猪通身进行分解，先割猪头，再分割四肢。按农村人宰猪的规矩，猪大肠要归屠夫所有。我们家人口少，那个年代又没有冰箱，一头猪断然是吃不了的。父亲就对街坊们说，既然大家都来了，就人人有份，每人割一块，给孩子留点排骨就行了。母亲的哭声，哪里阻止得了街坊们对猪肉的渴望，不到 10 分钟，整整一头猪就被瓜分得一干二净。至于这头猪究竟怎么死的，能不能吃，村上的人是无人问津的。事后我问父亲，这头猪到底是怎么死的，父亲说他也说不明白。在农村，不明白的事情多着呢！

这一年的秋天，学校开运动会。我没有报名参加，因为我没钱买一双只有一块八毛钱的白网鞋。

父辈的生意

现如今，做生意已经是再平常不过的事了。市场经济嘛，人们想办法开动脑筋，找项目，寻资金，大把大把地挣钱。现实的人们很明白，钱多了，有很多好处。我们无意于有钱可以任性，也无意于金钱万能，更不应仇富蔑富，只要是从正道来的钱，我们都应该给予肯定，给予支持，给予响亮的掌声。

20 世纪 70 年代，我那时尚小，记得在村里有个叫杨德印的生意人，年龄在七十开外。杨家在新中国成立前在村里开一家杂货铺，由于东西卖得全，不光村里人爱来，就是附近十里八村的人也来。在那个兵荒马乱的年代，杨家的日子过得倒也红火。新中国成立后，到了 1954 年公私合营，1958 年实行人民公社后，一切个体经济都充了公，杨家的杂货铺也就关了张。我父亲那时在村里当小干部，他们提出让老杨到村里的合作社去干，熟门熟路，可人家老杨就是不干。老杨说沾公家钱的营生容易出事。见老杨执意不干，村支书便提出找村上的贫下中农家庭子弟来干。可找了几户人家，大家都说做生意的活儿不是正经人干的，谁也不愿意干。无奈，村支书便对我父亲说，你初小毕业，有点文化，就由你来干吧。父亲虽然从小在农村长大，可对庄稼活儿一窍不通，他最喜欢的就是当个宣传干部，整天在村里跑跑颠颠，贴标语，开群众大会。多年后，当父亲病危时，看着他憔悴的面容，我那时多想再来一次政治运动啊！我相信，如果政治运动来了，父亲一定会一骨碌从病床上下来，投身到汹涌澎湃的政治洪流中去的。有道是生命在于运动，没有了运动，人的生命也就行将结束了。

父亲的合作社起名叫“春耕”，和他搭伴的还有一位姓杨的大叔。大叔的杨姓和杨德印的杨姓没有血缘关系。春耕合作社位于村子西头的娘娘庙附近，店面只有四五十平方米，主要卖柴米油盐酱醋茶和针头线脑等农家常用的必需品。他们二人有分工，父亲负责站柜台，杨叔则负责到十几里外的三间房供销合作总社去批发货物，每月底盘货一次，看看盈亏。

当时的村里除了种植玉米、小麦，没有其他的副业。春耕合作社是社员们每户攒三五块钱集资建成的。村里的领导要求父亲，这个合作社不以赚钱为目的，但也不能亏损，如果亏了，村上是拿不出钱来补贴的。

父亲在春耕合作社当售货员时年龄才 18 岁。他父亲，也就是我爷爷在城里工作，不常回家。家里的生活由奶奶当家，奶奶过惯了大手大脚的日子，钱不够花了，就朝爷爷要。时间长了，爷爷就烦了，便不情愿再给奶奶钱。奶奶只好到村里的富裕人家去拆借，借得多了，久而久之，就给家里留下一个大窟窿。

父亲的春耕合作社最初的几个月还不错，货多，来的顾客也多。按最初讲好的规矩，不管什么人，概不赊账。父亲和杨叔一直努力守着这规矩。可到了 1959 年，由于天灾人祸，老百姓的日子越过越穷，眼瞅着家家揭不开锅。人们没办法，就把心思放在了春耕合作社上。不知道是村里的干部带头，还是什么人起意，人们到春耕合作社买东西都开始赊账，不到一个月的工夫，合作社的东西就都快赊光了。父亲拿着欠条找村支书诉苦，村支书说那堆欠条也有他家的。他问父亲，能不能到供销社也赊一些物品，比如油啊盐啊。父亲说，那得问小杨，他负责进货。

杨叔听了父亲的话，说跟供销社赊点油盐没问题，但必须在所要求的时间内把钱还上。父亲说，那就先试三个月再说。货从供销社赊回来了，杨叔把酱油倒入缸里，然后又把一桶清水也倒进去，他用手指在酱油上蘸了一点，然后抹在舌尖上，轻轻抿了一下，对父亲说，可以再加半桶水。父亲说，为了补偿损耗，我们每次只加半桶水，现在多加了一桶，伤天害理啊！杨叔见父亲认真的样子，说，你没看出来吗？现在全村人有几家不赊账的，咱赊一份也是赊，赊十份也是赊，这时候你不多挣点，啥时候多挣点？父亲说，就你歪点子多，可多挣钱也变成不了现金，咱还是本分点好。杨叔说，你啊，一辈子也不是做生意的料。你想想，我们如果多涨出 10 桶酱油 10 桶醋那是什么概念？这样我们就可以从中往家拿多少？这不秃子头上的虱子明摆着，你咋就不开窍呢？

杨叔还告诉父亲，只要把账做平，谁查也不怕。可是父亲胆小，给他豹子胆他也不敢。父亲的性格可能与我爷爷有关。爷爷从小在京城里做学徒，新中国成立后在积水潭医院做厨师。父亲对我说，不论在三年困难时期，还是“文革”期间，你爷爷从来没有利用工作之便往乡下的家里送过粮食。为此，母亲曾不止一次地向我叨唠，你爷爷太自私，从来不顾家，他脑子再灵活一点咱们家也不会挨饿。

父亲决定找杨德印去讨点经验。听了父亲的介绍，杨德印惊慌失措地对我父亲说，大兄弟啊，你怎么跟我说这个呢？我告诉你，我没这方面的经验。从这个门出去，如同你没来过，我也没听说过。父亲被杨德印给干得够呛，他闷闷不乐地回到春耕合作社。

见父亲无精打采的样子，杨叔问父亲，老兄，你去杨德印家了？他告诉你什么妙招了？

“怎么？你跟踪我？”被杨叔那么一问，父亲感觉脊背冒凉气。

“我怎么会跟踪你？实话告诉你，我也去了趟杨德印家。”

“你也去讨招儿了？”父亲反问道。

“没有，我就是去探探杨德印家对眼下日子的看法，杨德印说了，别看眼下穷，可一穷就能把很多人的真实想法暴露出来，譬如偷摸拐骗，这时候最盛行。”

“既然如此，你还干赚公家便宜的事！”

“你不能这样讲，我这用的是智慧。再说，我家里的人也都饿得嗷嗷叫啊！”

“你把你的想法跟杨德印说啦？”

“刚说一点就被他喊住了，他说他什么也没听见，就好比我从来没到他家去过。”

“这不是一样的话吗！”听了杨叔的话，父亲心里琢磨，这个老杨很不简单呢。

不知道是杨叔后来胆小了，还是杨德印的话让他心有余悸，杨叔从此再也不往酱油缸里多对水了。既然如此，春耕合作社就不能不亏损了。到了年底，父亲和杨叔拿着一堆的赊账白条和欠供销社的欠条送到村支书那里，村支书一看亏了近千元，急得两只手直抖落，说，这可咋整？我父亲说，没说的，让各家各户还钱。村支书道，这还用说，可你看看，这村里人穷得上下叮当响，连擦屁股纸都没有，哪还有还你的油盐钱！说着，村支书用眼睛还狠狠地瞪了父亲一眼。

村支书瞪父亲，并不全是怨，也包含着他对父亲的爱。他原本想通过办合作社，让父亲得到锻炼，待三五年后对父亲重用。可现在父亲非但没把合作社办好，还给村上弄了近千元的债务，他能不生气吗！

村里的春耕合作社不办了，父亲又当他的生产队小干部去了。这一当就是十年，直到20世纪70年代后才当上村贫协主席、生产队长和村支书。我和哥哥、妹妹也就自然地成了村高干子弟。

在20世纪六七十年代最困难的时期，要说村里人家家都穷，也不绝对。我记忆中杨德印家的日子就比较好过。他肥胖的老婆子一天农活也没干过，当然，她也没给杨德印生个一儿半女。即使这样，我也没见他们夫妇吵过嘴。

至于“割资本主义尾巴”的事，在我们北京郊区似乎没怎么搞。我从记事起，就见家家养猪养鸡，而且每家还有几分地的自留地。自留地种植的农作物五花八门，有西红柿、辣椒、扁豆、茄子、茴香、韭菜、胡萝卜、大白菜等蔬菜，也有种小麦和玉米的。因此，每当在电视上看其他的省份“割资本主义尾巴”如何如何时，我就觉得像闹剧。

杨德印虽然在新中国成立后再也没开过什么铺子，可他私下里一刻也没停止买卖，用今天的话说，他始终没有停止市场经济的运行。我曾不止一次看到他非常神秘地出入于村里的人家，他的布兜里永远是鼓鼓囊囊的。我七八岁的时候到他家玩，亲眼看他偷偷地从包里往一个盒子里放鸡蛋。我当时就想，在家家不舍得吃鸡蛋，拿鸡蛋换零花钱的岁月，杨德印家竟存有成箱的鸡蛋，这是多大的物质和精神的落差啊！

我把杨德印家藏鸡蛋的事告诉了母亲，母亲一听很紧张，说小孩子家嘴要严，不得胡说八道，有些事即使看到了也不要说出去。我当时不明白究竟为什么，我只得装糊涂。后来，我看见杨德印也经常到我们家来，母亲会将葫芦瓢里的鸡蛋放到杨德印的布袋里，几次之后，杨德印便将几块钱塞到母亲手里。有了这钱，母亲便一次次地让我去邻村的合作社买油盐酱醋。偶尔我也会偷偷地买几块水果糖吃。

杨德印也很少在村里干活，他经常往他城里的姐姐家跑。村上人说，杨德印在城里有好几个表姐，家家有钱，有的家里还是当大干部的。因此，每次杨德印从城里回来都会带些新鲜玩意儿，比如杂拌糖、花色袜子、混纺毛线。村里的妇女最爱往杨德印家跑，男人们常常装作不知道。村里有个别人到村支书那里反映，说杨德印整天干投机倒把的事，村支书便打岔说，他杨德印是什么出身，哪有那个胆子？他既然不爱在村上劳动，就让他多往城里跑跑，反正也不误长庄稼。

等到了 20 世纪 80 年代初，随着改革开放的日子好起来，杨德印也就不跟城里的表姐走动了。他去世时，村里很多的老人都哭了，说在那困难的日子里，多亏杨德印，如果没有他，乡亲们的日子还不知过成啥样子呢。

父爱有余香

这是一篇很难起笔的文字。我深知道，这篇文章写后意味着什么。爸爸病重时，我曾对他说，我要抓紧时间为您写一篇文章，或许让您生前看到，或许把它放进坟墓。前几天，我试着写了几句，可是我写不出来啊！爸爸，我亲爱的爸爸，儿子实在不愿那么早就给您盖棺论定。

此刻，窗外的寒风隐隐作响，和着三环路的车流声拍打着我的心房。我想问，远在几公里外，同样在三环路边上垂杨柳医院已经安睡的爸爸，您知道吗？儿子现在开始给您写文章了。我给您写的不是悼词，只是想跟您聊聊天，像过去那样，我们如同朋友一样聊天。

爸爸，您出生在抗日战争即将结束的那一年。因为这一年，是否预示着您的生活是幸福的开始呢？从您跟我的交谈中，我得知您的童年、少年一直过着无忧无虑的生活。您多次对我说，在成立互助组、合作社之前，咱们家有着十几亩薄地，日子过得还算殷实。小学毕业后，您先在村里当了几个月的会计，然后到村里的代销点做售货员。这些不过是您初入社会的尝试，并不是您的理想与追求。“四清”运动之后，二十岁上下的您仿佛看到了自己的发展方向，那就是在共产党领导下，投身于政治活动当中，去找到自己的位置。在“文革”十年中，您始终在党组织周围，以饱满的热情，忘我地工作，您做过宣传员、排长、治保主任、贫协主席。这些工作，虽然没有更大地发挥您的才能，却为您日后走上于家围北村主要领导岗位打下了坚实的基础。

“文革”结束后，受村里的派遣，您到双桥农场学习畜牧兽医，结业后回村担任猪场场长。在这期间，您结识了足以影响您后半生的恩师何叔铎先生。1981 年，经乡党委决定，由您担任村里的生产队长。1985 年，经过多年的考验，您终于加入了中国共产党，您真正成了有组织的人。1988 年，您又担任了村党支部书记，直至 2001 年退居二线。改革开放三十年，您始终跟各级党的组织保持一致，始终把心和村里父老乡亲的心连在一起。您多次说过，看到村里的经济工作搞不上去心里非常焦急，也经常为自己工作的一些失误而懊悔。就在 12 月 12 日乡村两级领导到医院看望您时，已经说话非常困难的您还一字一句地说出“我对不起组织，对不起大伙，我没把工作做好”那样的话。其实，您不用自责，一切事物都有它发展的自然规律。退休之后，乡党委聘请你们四个老同志做生产安全监察工作。每次看到您骑着电瓶车进出家门，我都为您高兴。我清楚地知道，您不仅喜欢这个工作，更重要的是您更热爱家乡这片多情的土地！

爸爸，亲爱的爸爸，自 20 世纪 80 年代以来，您不断被各种疾病所困扰，尤其是被青年时期丧母、壮年时期丧女、中年时期丧子所重创，这些人生的大不幸怎能不损害您的肌体！自从您第一次住医院，我在心里就不断地祷告，这次一定要根治。可是，病魔这个怪兽始终对您依恋，一次又一次地向您挑战，每次您都勇敢地把它们打败了！然而，最后的悲剧还是落到您的身上。2008 年 7 月，您被检查出得了癌症。拿到检验报告，我当时真的不敢相信，您这么纯朴、善良的人，怎么会得了这个病呢？然而，在科学面前我们又变得无能为力。当我把真相毫无保留地告诉您时，我没想到一向胆小怕事的您却表现出超常的镇定和勇敢。于是，我们选择了积极面对，在死神面前决不妥协。即使到了生命的最后一息，您也丝毫没有软弱。感谢您，我亲爱的爸爸，您终于告诉了我什么叫坚强！

爸爸，您说过，咱们陈家在村里不是个大户家庭，直系亲属一个没有。可是，经过您和妈妈几十年的奋斗，咱们家赢得了全村绝大多数家庭的爱戴与尊敬。您当干部几十年，从来没有整过人，更不会算计人，即使对欺负、侮辱过您的人，您也从来是以德报怨。从您的嘴里，我没听说过一句侮辱人埋怨人的话。相反，在我的记忆中，于家围北村绝大多数的家庭，不论婚丧嫁娶，您都是全权操办，有时甚至帮助人家制作祭祀用品。在您病重期间，有很多过去来往不是很多的乡亲，闻讯后都纷纷到家里、医院看望您，有的人还为您的不幸而伤心落泪。乡亲们说，您是个大好人啊！您为村里的老少爷们做了多少事啊！

爸爸，我很感谢您把我带到这个世上。在我们兄弟姐妹当中，我们爷俩儿最为谈得来。在我的印象中，从小您就注重家庭民主。打我七八岁起，您就允许我们几个孩子和客人坐在一起吃饭。等我稍微长大些，您做事就和我商量。尤其在 20 世纪 80 年代以后，您的大部分工作和生活的事宜，您都愿意和我商量。1999 年后，我在城里买了楼房，回家间隔时间长了，每次回家我们两个都有说不完的话，以至于连我妈妈都嫉妒了。记得有位作家朋友曾说过，多年父子成兄弟。我以为，我们父子二人的关系就是如此。您为此也常常骄傲地多次对朋友讲，我和儿子的关系是父子加朋友。是的，亲爱的爸爸，我们是好朋友，是好兄弟！

爸爸，您不会忘记，1992 年 8 月，经北京市总工会《北京工人报》的领导推荐，我离开了双桥农场，走上了专业化的写作道路。为此，您非常高兴。您对我说，不论走多高多远，都不要忘记你从哪里来，要记住，你永远是农民的儿子。到报社工作后，经过多年的努力，我现在已经出版了小说、散文、诗歌、理论专著 8 部，并且加入了中国作家协会，担任了中国散文学会的主要负责人之一，现供职于国家文化部《中国文化报》，担任副刊主编。很多朋友经常问我，你的创作灵感从哪里来？我说我受我父亲的影响。父亲早年编过小戏，演过小戏，他对京剧爱得痴迷。爸爸，我曾对您说过，您要是不当村干部，或许能成为很优秀的农民作家。您说，我哪有那水平，还是你来当吧。您退居二线后，曾尝试写了几篇文章，先后在北京市、通州区、朝阳区以及乡里的小报上发表，看到自己的文章登上了报刊，您像孩子一样高兴呢。如今，家里除了我们父子，您的女儿、孙子都能写一手好的文章，也都相继得以发表。我们的家庭是个名副其实的写作之家！这些都得益于您的遗传基因。感谢您，亲爱的爸爸！

爸爸，在您与疾病做斗争的最后日子里，您始终关心着村里绿化腾退工作的进程。因为，这不仅仅关系到我们家的切身利益，更关系着父老乡亲的切身利益。我曾劝您安心养病，一切由我处理，可您还是以一个老党员的名义给乡村两级党组织写信，力陈对这一新农村建设过程中出现的各种问题的态度。在强调坚持党的统一领导的同时，特别呼吁要考虑老百姓的切身利益，要尽可能做到缩小政策差距，使老百姓在新农村建设中得到最大的实惠！您的声音尽管很微弱，可是这封信确是您在人生最后的一刻唯一写成的最长的也是最有力量的文字！爸爸，我好佩服您，您终于扬眉吐气地为自己真实地活了一回！

爸爸，天色已晚了，我跟您聊了这么多，您听见了吗？我知道，这些您都能听见。这只不过刚开个头，在以后的日子里，我会经常跟您聊天。我们爷俩儿聊不够啊，您的一生就是一本厚厚的大书，我将其摆在记忆的书架上，以此照耀我的人生。爸爸，我亲爱的爸爸，咱们不说再见，来世咱们还做父子，好吗？

2009 年 12 月 14 日晚　父亲祭日泣写

再见时先说再见

这个标题与一首台湾的歌曲有关。人不论活着还是死去，对亲人或朋友，都希望不断地再见。再见有两种意思：一种是希望下一次再见到（在很大程度上是一种礼节性用语），另一种是告别的意思。

前年岁末，我父亲经过两年与病魔的斗争，终于熬到了和我们说再见的时候。记得在他生命垂危时，我曾问他，还想见什么人吗？他摇了摇头说不见了。同时，我替前来探望的我母亲娘家的亲属问父亲还有什么要说的没有，父亲摇了摇头，费了很大的劲才说出三个字——“不说了”。我理解父亲的话，在他生病前，具体说在他当干部期间，他曾对我母亲那边的亲属帮助做了很多的事，等他退下来以后，或者说在他生病期间，这些亲属因为各种原因却表现得很生疏。父亲对他们有过怨气，开始一直埋在肚子里，或者说一直表现得很宽容，使我们不易发觉。自从他生病后，我们在医院病床前聊天时，他才逐渐地向我流露出来。我知道父亲很委屈，他以自己多年的厚德，多年的付出，竟没有换得别人的温暖，哪怕是出于虚假的问候。为此，我曾安慰父亲说，我们是干部家庭，人家都是普通的农民，从很早他们就认为干部家庭肯定日子过得好，不愁吃不愁穿，说不定家里还会有巨额存款。

其实，他们想错了。父亲做了三十多年的干部，从来没有什么大的经济问题，至多是家里盖房子时人手不够，让村里派几个劳动力干几天义务工。我五六岁时，曾亲眼看到家里因为没有粮食父母抱在一起痛哭的情形。长大后，我多次回想到那情景，甚至做过多少次假如的设想：假如父亲像村里很多人那样去偷，假如父亲到城里找到在医院做厨师的爷爷去要，假如父亲利用权力让插队的知青从城里弄点粮食……总之，老实的父亲一个假如也没有做到。

既然父亲谁也不想见，什么也不想说了，看着他痛苦的样子，我强装着笑脸对父亲开玩笑说：那您就给大家敬个礼，说声再见吧。父亲没有说出再见，他的右手下意识地往头部扬了扬，就算和大家告别了。我所以这样说，是想让父亲体面地走，是他先说的再见，这样会满足他内心的想法。至于我母亲家的亲戚，他们无论如何看不出我和父亲配合得有多默契。如今，这个告别的方式虽然已经过去了两年，每次想起来，我都觉得我干了一件挺大的事似的。当然，这件事我始终没有跟我母亲讲。

再见时先说再见，这是一种先机的做法，它能使自己免受伤害，而且还是一种达观与大度。二十年前，我在郊区的一个乡政府工作。记得我刚到乡政府报到的第三天，父亲就拉着我到城里见我的爷爷。父亲对爷爷说，老二有出息，到政府机关工作了，担任团委书记。从小在外边闯荡，一直凭手艺吃饭的爷爷听后，眼含热泪地拉着我的手说：咱家也有在衙门口工作的了，好，好，这样就不会被人家瞧不起了。爷爷的话让我很是激动了些日子。在乡政府工作期间，我百般努力，总希望能提个一官半职，给祖上增光。在机关里，我和党委副书记在一个办公室工作，最初我们的关系很好。但在两年后，因为我的清高，跟当地的干部很难打成一片，渐渐地就有点被边缘化，以至于在四年后，当我提出要调离这个单位时，党委副书记跟我谈了一次话。他大致的意思是，你小子很有才，但你不会团结人，特别是你仗着跟党委书记关系好，就不把我这个副书记放在眼里。所以，我不能发展你入党。如果你入了党，早晚你会端我的锅。党委副书记直率的话让我目瞪口呆，我当时真有点被他说蒙了。但经过飞快的思考，我马上回答他，您说的都是事实。不过我也坦率地告诉您，我是个不喜欢按规矩出牌的人。譬如，我们党委办公室有六个人，这就好比您是一把茶壶，我们六个都是茶碗，成天都得围着您转。您对我们，要尽可能都照顾到，每个碗里都要倒点水，结果哪个都倒不满。我是个工作能力很强的人，在很大程度上我一个人可以干六个人的事，可在考学、农转非、评选先进等问题上，您哪次让我抢先呢？一次也没有。因为您要摆平衡，要讲关系，还要讲资历。结果，大家都对您有意见。如此，我只好跳出来，我不需要您给我的那点水，党委书记欣赏我，他的一把壶会专门对我的一个茶碗，我会幸福得喝不了。我也深知道，如果长期这样下去，我会影响你们之间的关系。因此，我选择向您先说再见。听罢我的话，党委副书记无言以对。他说，请你原谅我，我过去所做的真是出于无奈。

多年以后，当地的朋友告诉我，你离开不久，党委副书记就改任工会主席，后来主动提前退休，回家开商店去了。我听后一点也不觉得遗憾。相反，我倒觉得他很聪明，他终于知道什么最适合他。

以我多年交友的经历，我觉得再见时先说再见也很适合于男女交往。我曾经为别人当过媒人，男女交往几次后突然不联系了。过了约有一个月，女方问我男方啥意思啊，我说，不知道啊，我以为你们交往得很好啊！于是打电话向男方询问，他说他们俩不合适，就不想再交往下去。我说，不交往没关系，你倒给我个痛快话啊！男方说，我不想先说再见，要不女孩多没面子啊！我说，你真是的，你这样温暾着，女人更烦你。

至于我自己，也难免遇到这样的尴尬状态。我知道我是个有女人缘的人，不论婚前还是婚后，总有一些女性同我保持着密切的交往。用一个女友的说法，红老师花心，爱到处种山楂树。我说，这有什么不好啊？山楂多了我可以做罐头。然而，时间长了，我发现很多女友都对我产生怨恨，她们总埋怨我感情不专一。最后，不得不对我先说再见了。我当然感到很伤心，我一直认为，人来到世界上，除婚姻之外，一定还会有真情存在。只要这种真情它真实，不彼此之间欺骗，不做出对家庭的伤害，是可以长久存在的。事实上，这只是一厢情愿，绝大多数人决不会陪你玩到底。特别是女人对男人，她更多的是需要你是她的唯一。

我想到一个女作家的一本书，书名叫《我是你的》。我读后感觉这书名真的很好。正像这首台湾歌曲，不管人与人之间怎样相处，该分手时就分手，再见对谁都是一种超脱一种解脱。如果本来不想见，却始终还在纠缠，对谁都觉着没意思。细想之，我们的一生有意思的事能有多少？恐怕连人的五分之一都没有。与其如此，不如我们提前对无聊说一声再见。你说呢？

父亲的“农民帝国”

10月初，到山东开会，偶遇乡土作家刘玉堂。我兴奋地对他讲，我非常关注你的乡土小说，一直期待着与你见面呢。刘玉堂听罢满脸喜悦，他说，我听山东的王兆山、刘玉栋几个作家给我讲，你特别喜欢我的作品，我们今天终于见面了。席间，我还告诉刘玉堂，不光我喜欢他的乡土小说，我父亲更喜欢。

刘玉堂写小说始于20世纪80年代，我看到他的小说集《最后一个生产队》是2000年前后的事。记得那是从作家出版社副总编辑石湾办公室抄来的，他的书架上常堆着出版社新近出版的书。与《最后一个生产队》同时出的还有刘玉堂的另外两本小说集。我父亲那时刚从村党支部书记的岗位上退下来，他得闲常邀几个戏迷唱戏或看一些文学书籍。父亲对京剧的爱好可以用酷爱来形容，只要收音机、电视上播放京剧，他都会静下来细听。在我儿时的记忆中，父亲对文学和历史很有研究，想必与他爱听戏有关系。父亲究竟懂得多少出戏，我没有统计过。我只记得，只要电视上的演员一出场亮相，才唱上几句，父亲就会告诉我哪出是《乌盆记》《四郎探母》《贵妃醉酒》，哪出是《霸王别姬》《遇皇后》《二进宫》。后来我到报社工作，有机会结识了孙毓敏、李维康、耿其昌等戏曲前辈，父亲知道后颇为我自豪。

我最早接触的乡土小说是周立波写的《暴风骤雨》，那是 20 世纪 80 年代初从收音机里的小说联播听到的。80 年代中期，广播里先后播讲了浩然的《苍生》和蒋子龙的《燕赵悲歌》，这两部小说都是中篇，虽然那时我还是个中学生，可听起来同父亲一样，如醉如痴。记得 1984 年夏季，我在京郊怀柔参加了北京郊区青年的一个写作培训班，为我们讲课的老师就有浩然。由于时间久远，浩然老师那天究竟讲了些什么，我已记不清。唯一记得的是在讲课过程中，浩然老师突然说，你们先等会儿，我出去方便一下。说着他就提着裤子急匆匆地出去了，那神情非常自然，就像我们的父亲那样，让你觉得一点也不外道。1990 年，我参加了《农民日报》文艺部搞的文学作品征文活动，我的一篇散文有幸获奖。前来为我们颁奖的嘉宾里就有浩然老师，还有正因写《塔铺》《新兵连》而名噪一时的文艺部编辑刘震云。那天，我同浩然老师真正实现了零距离接触。在与浩然老师聊天时，他对我说，在 20 世纪 50 年代，他曾经光着脚从通州走十几里地到我所居住的双桥农场去看从苏联进口的大型康拜因拖拉机。回家后，我对父亲说，今天我见到了浩然老师，是他给我颁的奖。父亲说，你还真不简单哪！

1998 年 5 月，我开始负责编辑《中国文化报》的文学副刊。当时，副刊有个面对基层作者的版面，名曰《绿野》。我想，如果有个名家能为基层作者题词写几句鼓励的话就好了。在北京的作家中，属刘绍棠和浩然两位老师对农村基层业余作者感情最深。可惜，刘绍棠老师已于 1997 年 3 月英年早逝。这样，我只好请浩然老师了。我知道，此时的浩然老师虽然挂着北京作家协会主席的名分，可他的心早已经回到他的乡土——河北省三河县的泥土巢，这泥土巢与其说是浩然老师的书房，不如说是中国乡土文学的一面旗帜。我到三河县的泥土巢拜访了浩然老师，说明来意后，他二话没说，很快就写了一幅“努力创作出繁荣社会主义文艺的优秀作品”的题词。然而，令人遗憾的是，2004 年到 2007 年，报社出于经营的考虑，一度取消了文学副刊，自然，《绿野》基层作者版也就不存在了。（我被安排到报社所属的《艺术教育》杂志。）这给很多《中国文化报》的老读者，特别是很多作家，造成了恶劣影响。一个报社，特别是文化部主办的《中国文化报》怎么能没有文学副刊呢？

2008 年，报社原来的领导终于熬到退休年龄。新的报社主要领导上任不久就找到我，希望我恢复文学副刊，把报社断了脉的文气找回来。这一年，我们副刊的美文、纪事、人物和“文化系统作者专号”（基层作者版）四个版面轮流上阵，很快就得到报社内外的好评，文化部时任副部长、著名词作家晓光还特意代表孙家正部长专门做了批示，对副刊给予了高度评价。同时，文化部办公厅新闻阅评小组还发了专题简报，对文学副刊进行充分的肯定。2011 年，文化部副部长杨志今和总政首长又分别对副刊的文章进行多次批示肯定。特别是 4 月 26 日，时任中共中央政治局委员、书记处书记、中宣部部长的刘云山同志在美文版面专门用毛笔书写了大段批示，对美文副刊给予了褒奖和希望。在文化部杨志今副部长办公室，杨部长把刘云山部长的批示送到我手里时，当着报社的社长、总编说，祝贺红孩，红孩为报社和文化部赢得了荣誉。

1999 年 5 月 22 日，我结婚的那天，浩然老师带着三河市文联的朋友专程到我郊区四合院的家里登门祝贺。父亲见到浩然老师很激动，不仅因为浩然老师的到来给我们一家带来很大的面子，还因为父亲一直是浩然乡土文学的铁杆粉丝啊。那天，忙碌的父亲没有时间跟浩然老师一起畅谈文学，想来该有多么的遗憾！如今，父亲和浩然老师都已经去了天堂，我相信在那个世界他们老哥俩儿一定会成为文学的知音。

再说蒋子龙老师。我对蒋子龙的知晓，是源于他的成名小说《乔厂长上任记》。而事实上，我是在听完广播小说《燕赵悲歌》后，才找到他几年前就已发表的《乔厂长上任记》看的。在一般读者眼里，蒋子龙是以写工业题材著称的。谁料，他写乡土题材也是那么大气、熟稔。2008 年，蒋子龙推出了他的长篇小说《农民帝国》，又一次震动文坛。本来，这部小说在 2009 年的茅盾文学奖的角逐中开始是一路领先的，但在最后的环节上，因为人为的因素而被挡在门槛之外。一时间，读者和有识之士纷纷表示了不满。这部小说我是在 2009 年年初从书摊上买的，买完之后我便直接交给身患重病的父亲。我对父亲说，您身体不好，尽量少出门，有时间看看这部长篇小说吧。父亲看了看书的封面，一看是蒋子龙写的《农民帝国》，脸上当即露出了难得的兴奋，说他要好好看。

父亲看《农民帝国》时身体还算硬朗，虽然看了将近一个月，可他却得到了人生的最大满足。记得在这期间，我和父亲结合这本书，围绕“三农”问题还进行了几次讨论。我对父亲说，从 20 世纪 60 年代做村干部，一直到您退居二线，一共干了 38 年，连村里的大喇叭都舍不得您。您想啊，您往话筒前一站，一讲就是一两个小时，那是何等风光的事啊！父亲说，比起村里同他年纪相当的人，他感到人生很知足。特别是改革开放的这三十年，他目睹了农民们是怎样一步步脱贫致富的。他为乡亲们能过上新农村的好生活而感到自豪。同时，他对新农村建设中出现的问题，诸如土地的被荒废他用，农村干部的管理缺乏制度保证等也心存忧虑。我说，这些问题中央会考虑的，您还是踏实养病吧。

2009 年 12 月 14 日，父亲带着他对乡土和亲人的热爱离开了这个世界。我知道，在他的心中，其实也早就完成了一部属于他自己的“农民帝国”。父亲热爱中国戏曲，热爱文学，他有良好的文笔，根据自己的经历他完全可以为自己为乡亲们写一部乡土文学。可父亲终究没有写，他是在有意把这个重任留给他的作家儿子吗？我不得而知。父亲走后，我陆续写了一组乡土题材的散文和小说，今年发表在《岁月》《黄河文学》杂志上的小说《大先生》《传达室》还被《小说选刊》和《新华文摘》转载。很多读者看后，都说乡土气息浓郁。我想，父亲要是地下有知，一定会为我高兴的。

2010 年夏季，我和蒋子龙等作家应邀到广州番禺去采风。在大巴车上，我与蒋子龙老师邻座。因为是多年的忘年交，我们在一阵闲谈后，很自然谈到他的长篇小说《农民帝国》。对于《农民帝国》最终没能获得茅盾文学奖，蒋子龙老师当然是充满遗憾的。我说，这不但是您的遗憾，而且是中国乡土文学、中国农民的遗憾。在汽车的颠簸中，我给蒋老师讲了我父亲在生命的最后日子，是一部《农民帝国》陪伴他的。我代表我父亲真心地感谢他。如果没有这本书，父亲的生命说不定会提前结束的。听我讲完父亲是如何喜爱《农民帝国》这部小说的情形后，蒋子龙老师眼含热泪地对我说，你讲的故事很感动我，我可以自豪地说，这部书即使没获奖，但为了你父亲这样的一个人，我觉得也值了。

蒋老师的话让我心潮起伏。我的嗓子感到咸咸的。是的，蒋子龙老师的写作值了。我真的好感谢他，他帮助我为父亲的人生画上了一个完满的句号，尽管父亲去世时的年龄算不得高寿。

于家围进入了中国文学史

每个人都有自己的家乡。对于那个地方，不论你走多远，总要情不自禁地经常去望一望，想一想。20世纪80年代，有一首《我热恋的故乡》的流行歌曲，每当听到其中的“我的故乡并不美，低矮的草房，苦涩的井水”，我的眼前马上就会想到我从小生活的地方——北京东南郊一个叫作于家围的村庄。

于家围并不是一个很有名的地方。打开北京市地图，顺着长安街往东快速地移动，在城铁八通线双桥站往南大约四公里，紧临五环和京沈高速公路交界的地方，就会跳出于家围三个小小的字。这三个字，跟王家庄、马各庄、十里堡、五里桥、三间房等地名一样，没有什么特殊的地方。我们说一个地方有名，一般是与这个地方是否诞生过名人、发生过重大事件、有什么重要的建筑或非物质文化遗产项目有关。不幸的是，我们这个村子似乎还没有什么足以让人记住的人或事。

不过，话又说回来，村里也还真有一段让人津津乐道的事。记得我很小的时候，父亲就对我说于六于七闹土匪的事。我听着挺神，但不知这事是真是假。等长大一些，我问父亲于家围村子的来历，父亲总说在村子西北小楼那个地方，有个于老公坟。传说中的于六于七就是于老公家族的后人。我再问此说法有没有出处，父亲说，在一本叫作《永庆升平》的古书里有记载。

父亲所说的《永庆升平》是清代公案侠义小说的代表作品，大约成书于清代后期，是在说书艺人口头创作的基础上，经过多人加工整理而成，真正的作者已经无法考证了。《永庆升平》分前传与后传，现在一般认为《永庆升平前传》的整理者是清代的郭广瑞，《永庆升平后传》的整理者是清代的贪梦道人（见华夏出版社 2013 年版“前言”）。而我见到的另一版本《永庆升平》（山西古籍出版社 1996 年版），其作者署名为（清）燕南居士。在其出版说明中写道：一代宗师的鲁迅先生，在其开山巨著《中国小说史略》及讲稿《中国小说的历史的变迁》中，曾指出明代小说以讲神魔之争和讲世情者为两大主题，清代小说则是以拟古、讽刺、人情、侠义四派各擅胜场。也就是在《中国小说史略》中，鲁迅提到了明清小说的重要代表作品《永庆升平》。换句话说，鲁迅是读过《永庆升平》的。至于鲁迅是否记住书中所描写的于家围（村），就不得而知了。

《永庆升平》书中所描写的是清朝康熙年间以经济繁荣、国力强盛、政局稳定为背景，以镇压天地会八卦教（白莲教衍变而来）的武装起义为主线，宣扬了康熙皇帝的圣明及清王朝的太平盛世，警诫人民不得“叛逆作乱”，以达到“警愚劝善、感化人心”的目的，使封建统治长治久安、永庆升平。当然，这种思想带有明显的时代局限性，我们当以辩证的史观加以分析。

八卦教，中国民间宗教之一。清康熙元年（1662）由山东单县人刘佐臣创立。刘佐臣按《八卦图》“内安九宫，外立八卦”的组织形式收徒设教。所谓八卦九宫，即认为世界被乾、坤、震、巽、坎、离、艮、兑八卦分成西北、西南、正东、东南、正北、正南、东北、正西八个方位，这八个方位又都围绕着中央方位。八卦即八宫，加上中央宫为九宫。自刘佐臣创教之日起，刘姓教首历来都位居中央宫，其他各教，则由刘姓教主委派卦长掌教，如部姓掌离卦教、王姓掌震卦教。各卦教的力量大小不一，分布也并不严格遵守八卦所定方位。八卦教多传布于河北、河南、山西等地，强调儒释道三教合一、修炼内丹，八卦教专以敛财为主，富甲一方。八卦教的主要经书有：《五女传道书》（亦称《五圣传道书》）、《禀圣如来》、《锦囊神仙论》、《八卦图》和《六甲天元》等。其中最重要的经典《五女传道书》，则是一部讲修炼内丹，追求长生不死的传教书。炼内丹（气功）修长生的教理，深受下层民众广泛信仰，使八卦教在山东、山西、河北、河南等地蔓延滋长。八卦教在创教时并没有明显的政治色彩，目的只在于传教敛钱。乃至第二代传人刘儒汉时，教主的“圣库”收入已成千累万，竟至富甲一方。而清朝统治者一直认为民间宗教是产生社会动乱的重要根源，故对其发展一贯采用严厉镇压手段，致使八卦教不能公开发展，一向处于地下秘密传布状态。某些农民起义，往往利用八卦教作为组织纽带。乾隆三十九年（1774）山东清水教起义，嘉庆十八年（1813）天理教起义，都是八卦教异名教派组织的造反行动。近代义和团运动，也与八卦教有着密切关系。

《永庆升平全传》的产生不是偶然的，是社会变革和文学发展的必然产物。一直以来，中国的公案小说和侠义小说是两种不同类型的文艺作品。到了清代后期，这种情况发生了变化。首先，在现实生活中，清官遇到的已不仅是一般的奸夫淫妇和小偷小盗，而是越来越多蓄养打手（拳师、保镖）的恶霸、桀骜不驯的绿林好汉和成帮结伙的秘密会社、起义队伍。这样，单凭清官的吏役已难以解决问题，而势必需要本领更为高强的英雄的帮助。其次，老百姓最大的希望是生活在执法公平的社会里，一旦受人欺凌和遭到困厄时就有侠客来解救他们。这时公案小说和侠义小说经历了各自的创作高峰，但仍然徘徊在老套路上，不能满足读者的新的审美需求。于是，公案小说和侠义小说出现了合流，产生了一种新的艺术类型——公案侠义小说。

华夏出版社 2013 年 1 月出版的《永庆升平全传》分上、中、下三卷，总字数 831300，定价 110 元。书中描写的康熙御封二品护卫顾焕章到于家围暗访缉拿八卦教教主四庄主于珍列于目录的四十一回（于家围四庄主见色起意　河西务大英雄入都逢凶）、四十二回、四十三回、四十四回，实际上从出现于家围的名字到火烧于家围结束是在四十四回到四十七回，想必是编辑在编辑过程中出了差错。

于家围虽然有相当多的人对《永庆升平》津津乐道，以至传得神乎其神，其实真正见过读过此书的人没有几个。20 世纪 80 年代末，一个偶然的机会，我在双桥农场图书室无意间见到了这本书，便迫不及待地拿回家去看。当时，我家里正建房，白天要帮父母张罗建房的诸如买菜做饭之事，看书只能等到夜深人静了。我看了一百多页，正要往下看时，村里一个我称作二哥的人见我看的是《永庆升平》，说什么也要借去先看。说实话，当时我是极不情愿的。但是，我家建房，他当时正帮着出力，我若不借，似乎有点不近人情。于是，我和他约定，只借他三天，三天后必须完好无损地还我。然而，我万没想到，三天后，当我跟二哥要这本书时，他开始说没看完，再等几天。五六天后我再要，他竟然说找不到了。我为此感到很气愤，我真的不想搭理他了。从那以后，我就再也没看到《永庆升平》了。

2009年，父亲生病住院，我们爷儿俩在一起聊天时，他在跟我谈到村里的历史时，又一次把话题扯到《永庆升平》上。我说，要找到这本书并不难，等我有机会去国家图书馆，我就不信找不到这本书。父亲是在这一年12月14日离世的。在去世前，他看了两本有关农村和农民的书。一本是河南作家周同宾写的散文集《皇天后土》，这本散文集曾获得鲁迅文学奖。我和周同宾虽然没见过面，但彼此间很熟悉，曾经有过书信联系。另一本是著名作家蒋子龙写的长篇小说《农民帝国》。我与蒋老师是十几年的忘年交，他曾以《乔厂长上任记》蜚声文坛。我和父亲于20世纪80年代曾在广播电台里听过蒋老师写的农村题材的小说《燕赵悲歌》，留下很深的印象。近些年，我和蒋老师经常一起参加各地的采风、颁奖活动。2010年，我和蒋老师一起去广东的番禺采风，在车里我们邻座。当时，文坛对《农民帝国》没能获得茅盾文学奖议论纷纷，更多的是对这事愤愤不平。因为在初评、复评时这本书一路领先。我对蒋老师说，这次见到您，感到很亲切。蒋老师瞪着一双大眼睛，笑问我为什么。我很郑重地告诉他，我想到了我才去世不久的父亲。我父亲在农村做了30多年村干部，他对农民有着特殊的感情。在他最后的日子，是《农民帝国》陪他走完的。父亲非常喜爱您的作品，他知道我跟您很熟，让我一定代他谢谢您，为亿万中国农民写了这样一本好书。我的话令蒋老师十分感动，他噙着眼泪说，你给我讲的这些是我听到的对这本书的最好评价，人一辈子能有你父亲这样的一个读者值了。

我没有跟蒋老师提《永庆升平》这本书。这是父亲一直想看到的，可因为我的疏忽，却至死没能让父亲看到，想来这是多么遗憾的事。

转眼，父亲离开我们已经六年多了。今年初，我在网上百度寻找《永庆升平》，竟意外地发现有几家出版社都出版过这本奇书。我通过收藏网，从各地买了十本，拿出几本送给了我信得过且爱读书的几个村上的乡亲，但愿他们都能好好地保存。半月前，我回绿丰家园母亲家里（自 2008 年奥运会后，于家围陆续拆迁搬到东南一公里的绿丰家园社区），闲暇时从书柜里取出《鲁迅在北京》一书看。从书中得知，1919 年到 1923 年，鲁迅与周作人曾居住在北京西直门内八道湾 11 号一所大院里，在这里鲁迅写出了著名的代表作品《阿 Q 正传》《故乡》《风波》等 8 篇小说，后收入小说集《呐喊》。另外，鲁迅在八道湾还编订了《中国小说史略》一书的上卷。在这期间，《永庆升平》被很多民间艺人改编成评书、故事在市井中频繁演出，具体鲁迅听没听过，没有史料佐证，但可以肯定的是，鲁迅肯定看过《永庆升平》。既然《永庆升平》收入了《中国小说史略》，我在此断言说于家围进入了中国文学史，也就在情理之中了。

鲁迅作为中国白话文学，或者是中国现代文学的奠基人，近百年来一直为后人所敬仰。大凡上过初中、高中的人，谁没读过几篇鲁迅的作品！我说，鲁迅是我们的文学乳娘，恐怕也不会有人反对。我很幸运，自己的文学成长之路与鲁迅先生有着天然的文脉关系。熟悉现代文学史的人都知道，在 20 世纪二三十年代的中国文坛有“二萧”，一个是来自黑龙江的萧红，另一个是来自辽宁的萧军。他们作为两个进步文艺青年，最早写出了抗战文学作品《生死场》和《八月的乡村》。如果说他们的文学创作有天生的资质，但如果没有在上海遇到鲁迅这个伯乐，他们也不会获得今天的名声。

我去年和前年分别看了汤唯版的《黄金时代》和小宋佳版的《萧红》，而且每个版本都看了三遍以上。前年看完，我没有写文章，我只是跟我年轻的同事讲了“二萧”的故事，特别提到萧红在文学史上的地位。去年看了《黄金时代》后，我动心了，写了《唤声姐姐叫萧红》，分别刊于《中国文化报》《天津日报》《陕西日报》等十几家报刊，影响颇大。在文中，我讲了萧红作品对我的影响，也包括我和萧军一家的交往。如果没有萧军先生的女婿王建中的推荐，我不可能在 20 世纪 90 年代初由农场调到刚创刊的《北京工人报》工作，从此走向专业写作的道路。很多朋友看了我的文章，说，你选择的角度很奇特，你把萧红视为自己的姐姐，光看标题都叫人心酸。

是的，我很关注“二萧”，他们一直在影响着我。再往前，我更尊崇鲁迅先生，我的枕边常放的就是鲁迅先生的小说或散文。自从知道鲁迅先生看过《永庆升平》，并把其收入《中国小说史略》后，我的身体里仿佛融入了先生的血液，使我的创作增添了永不枯竭的力量。我知道，这种幸福并不是每个人都会有的。

运 河 的 桨 声

京杭大运河是因南北通航南粮北运而得名的。（这有点像今天的南水北调。）在全长一千七百多公里的流水中，其拍打的浪花要惊醒沿途三十五个城市。此时，2014年12月11日下午5时，当我站在夕阳中的枚乘故里，望着眼前平静的运河，我不由得思绪万千，许多古今之事浮现在我的眼前。

我是喝运河水长大的。我的家乡在北京的东郊双桥农场，这里1954年前曾归属通县，也就是现在的通州区。我考证过，我们所说的双桥，在通州北运河到北京东便门之间的通惠河上，其中靠东端有座桥曰八里桥，靠西端有座桥叫花园桥，在这两桥之间的两岸地区统称为双桥。众所周知，通惠河是连通京城与运河的重要河流，乃元朝水利专家郭守敬所建造。从通州的运河北关码头，到京城东便门，这一通惠河水路要经过五闸二坝。我所居住的双桥中间就有杨闸、花园闸和高碑店三个闸。传说过去的运粮漕船在经过五闸二坝时都要留下一定的粮食给驻守的官员，否则别想顺利通过。

运河沿线城市我是到过一些的。譬如沧州、德州、济宁、台儿庄、无锡、苏州、杭州等。从2009年起，我所兼职的中国散文学会与淮安市淮阴区共同开展“漂母杯”全球母爱散文征文活动，我便每年都要去淮阴颁奖。淮安是江南运河漕运的中心，其淮阴区码头镇更是古代漕运咽喉，治水重地。码头镇境内水网纵横，京杭大运河、淮沭新河、张福河、古黄河四河相汇，构成一片水乡泽国。洪泽湖大堤亦是起于码头镇，境内有惠济、通济、福兴三闸遗址，为码头烙上深深的运河文化记忆。

首届“漂母杯”散文大赛颁奖仪式就在码头镇的漂母祠前的广场上举行。当时，漂母祠景区还没有完全落成，偌大的漂母墓像小山一样，显得很突兀，也很肃穆。或许是已经多年没有来过这么多人，十里八村的乡亲从四下里云集漂母祠前，看着我们一张张陌生的面孔，他们似乎在问，你们这些人到漂母祠来干什么？

说实话，在来淮阴之前，我只知道一饭千金的典故，但并不知道韩信的恩人漂母——那个在淮阴城下终年以浣纱为生的老妇人就是淮阴人。当地的朋友告诉我，相传在秦汉时期，韩信少小家境贫寒，常遭他人欺辱，偶尔到城下钓鱼，以改善生活。某日，韩信又来钓鱼，饥饿难挨，险些昏倒在河里。这时，恰逢老妇人到河边浣纱，见状，她急忙把自己带来的粥让给韩信吃。韩信吃饱后，看着慈祥的老妇人，联想到一直以来被人欺辱的经历，暗自发誓，将来自己一旦混出个人样，一定要加倍报答这个像母亲般的老妇人。多年后，跟随刘邦打下江山的韩信被封为楚王，率领大军驻扎在合肥。想到自己当年的承诺，他于是派人带着千两黄金去淮阴寻找老妇人。可惜，此时的老妇人早已仙逝了。韩信闻听非常悲伤，遂命令十万将士，每人带一包黄土，赶赴淮阴，将黄土堆撒在漂母坟上。从此，人们开始记住了漂母。

立足传统，开展母爱主题教育，这也许在很多的党政官员的业绩中算不得什么大事，可淮阴区却坚持了下来，而且已经被越来越多的大众所接受。如今，在淮阴区城区还修建了母爱主题雕塑公园，看着那一尊尊根据母爱故事雕塑成的形态各异的雕像，你能不为之赞叹吗？

韩信是属于码头镇的，也是属于淮阴、淮安的，更是属于中国的。据说，国外有机构把世界上的军事家做了排行榜，韩信高居榜首。虽然我们尚不知他们的评比标准，但韩信在世界军事史上的地位是谁也动摇不了的。比这个排行榜更为人们津津乐道的是根据韩信的故事而形成的象棋以及京剧名段《萧何月下追韩信》。至于韩信的“胯下之辱”，更是人们卧薪尝胆、励志图强的典范。

码头镇的历史从秦朝开始历经两千二百多年，名人雅士众多。同样是在汉代，继韩信之后，还曾出现了汉赋的代表人物枚乘、枚皋父子。特别是枚乘的名作《七发》，首开汉赋之先河，同时开创了赋体文学中的“七体”。2010 年夏季，我曾到四川的蓬安采风，那里是另一位汉赋大家司马相如的故里。对于汉赋，我没有具体的研究，但对于前人所创造的任何文体，我都是佩服之至的。记得在 1995 年，我在北京南郊的北普陀影视城游览，无意中碰到河南新乡的作家张心豪先生。晚上在席间，他即兴高声朗诵了他的几首赋文，我听后为之一震，发出这是多么讲究的词句的感慨。几天后，我专门采访了张先生，写出了《众里难寻一赋人》的专访。文章在《北京日报》发表后，引起了极大的反响，很多的古典文学爱好者、企业家、文化机构纷纷通过报社和我寻找张先生，有一家文化公司还专门为张先生成立了新赋文学研究院，每个月为张先生开三千元工资。张先生逢人便说，我是他的伯乐。最近几年，赋体文学盛行，很多城市、景区都不遗余力地请文人们写赋。我深知，当今用白话写赋是很艰难的，更对那些文白不分之赋感到尴尬，我真想请枚乘、司马相如先生出世，能在中央电视台《百家讲坛》来个说赋讲座，说不定比易中天、于丹还要火呢！

码头镇之所以以码头命名，想必与漕运有关。近些年，随着大运河申遗成功前后，许多以运河文化为着力点的机构、项目纷纷诞生。我所供职的中国文化报社也顺应这个潮流，成立了大运河文化研究院和大运河文化专刊，由我负责。平心而论，我虽出生在通惠河畔，又在通州居住八年，可要是真的说起运河来，还真的道不出个所以然。要说研究运河，写运河，有两个通州籍的作家不能回避，一个是刘绍棠先生，另一个是王梓夫先生。刘绍棠先生是神童，少年成名，蜚声海内外，一辈子写运河，被誉为大运河之子。王梓夫先生是绍棠先生的晚辈，在通州出生、工作，后来调到北京人民艺术剧院担任编剧。人虽然到了京城，但心却一直在通州。他早些年的写作以乡土为主，后来在其他题材又多有尝试。退休之后，他把所有的精力都放在写大运河上。我们相交二十年，彼此很了解，我总觉得他要继刘绍棠之后成为写运河的标志性作家，一定得有大部头作品。还好，我这种期待并没有等待太长时间，大约在 2003 年，王梓夫突然之间推出了六十余万字的长篇历史小说《漕运码头》，好评如潮，很快就获得了第二届曹雪芹长篇小说奖，且小说被改成了同名电视连续剧播出。王梓夫在接受采访时说，他为写这部书准备了将近二十年，他几乎走遍了大运河沿线所有的城市。我问他，到过淮安吗？王梓夫说，他多次到过淮安，写运河漕运史，淮安是无法逾越的。聊起码头古镇、河下古镇以及运河漕运博物馆，他说得头头是道。他还说，《漕运码头》只是他运河三部曲的第一部。

2014 年 11 月 28 日，我带领一批作家到通州采风，专门到漕运码头公园进行了参观。站在运河的源头，凝望着燃灯佛塔，我的脑海不禁把我所去过的运河城市连接起来。霎时间，我的心潮起伏起来，美丽的大运河，千余年来，你承载了华夏子孙多少的艰难与困苦、富庶与繁荣啊！

我这次到码头镇，很想写一篇散文。尽管来之前，从省里到区里、镇里很多的朋友都希望我能为码头镇写点什么，可我始终不敢动笔。因为，通过几年我与淮安市、淮阴区以及码头镇人的联系与交往，我早已把这片土地看成是我的家乡。不是有那句话吗？近乡情怯，越是熟悉的越是充满感情的反而不好下笔 。这天下午的三个小时，我又重新来到我多次到过的漂母祠、韩信故里、枚乘故里、御码头，不仅如此，我还参观了蝴蝶兰生产基地、金针菇生产基地，尤其令人不敢相信的是，我还看到了台湾农民创业园。请允许我在这里再次提到“漂母杯”散文大赛，经过我们多方的努力，这个母爱主题已经叫响祖国大陆，甚至走进我国台湾以及德国。我不知道这个台湾农民创业园的建成是否与“漂母杯”有关，不过我深信一点，海峡两岸的人民一定有一个共同的母亲，她的名字就叫中国！我还深信，运河的桨声将继续承载着历史的辉煌，伴着中华民族伟大复兴的春潮，定会奏出世界的交响。

我的祖籍在哪里

某日，到派出所给女儿办户口，看着户口卡片的固定栏名，我突然有了一种奇怪的想法。譬如籍贯一栏，我的卡片上填写的是北京。前年我父亲去世，我在为他注销户口时，清楚地在他的户口卡片的籍贯上，也填写的是北京。如果再往上推，我爷爷的户口卡片的籍贯一栏，也该填写的是北京。那么，我爷爷的父亲呢？我不知道他那个年代是否有户口卡片，即使有，也不知有没有籍贯一栏。

父亲健在的时候，他曾说我们家是随清朝皇帝一起入关的。就是说，我们家很有可能是满族血统。但我后来从地方档案馆查村史，发现我所居住的北京东郊大部分村庄的居民，几乎都是明朝期间从南京、山东而来的。典型的是常营。这里如今已是北京有名的经济适用房居民区。我记事时，就知道常营是回民聚集区，那时常营叫常营大队，分八个生产队。上中学时，我们班上有七个同学都是常营的回民。他们吃饭很讲究，从来不跟我们汉族孩子一起吃饭，即使自己带着饭，也不在一个饭箱里熥，说怕串味儿。从此，我每跟回民朋友交往，就格外注重生活习惯。话题有点扯远，这常营名字的由来，主要是来源于明朝大将常遇春。他是个回族将领，作战勇敢，帮助朱元璋取得了大明政权。后来，他又奉皇命辅佐朱元璋的儿子朱棣，率领他的常家军挥师扫北，占领北京。常营，顾名思义，乃是常遇春统军屯兵扎寨的地方。而常营向南十余里，位于萧太后河和通惠河之间的于家围、定辛庄、张家湾等地，则是朱棣进驻北京时安营歇息的所在。据史料记载，定辛庄原名叫定心庄，谐音定定心神的意思。换句话说，有常遇春这样的大将辅佐，朱棣进军北京能不马到成功、安定于民吗？这于家围、定辛庄、张家湾都位于从广渠门到天津的黄土大道旁。从各种记载传说中得知，这一路两侧商铺繁多，驿站林立，自由贸易异常发达。仅以我居住的于家围村为例，较比其他附近的村落，老百姓向来轻农而重商。我想，这肯定与明清时期的地理、商业环境关系十分密切。

而且，我还听我父亲说，我的祖辈在北京城里曾开过一家钟表店，铺面不算太小，至于与大名鼎鼎的亨得利是否有关不得而知。新中国成立前，我爷爷就在北京城里做工，开始当小工，学各种手艺，归结于厨师，新中国成立后在积水潭医院食堂工作，家住北京西城区大茶叶胡同29号。记忆中，我爷爷很少回到乡下，一是交通不方便，二是已经不习惯农村的生活了。这一点，从我父亲不善于干农活儿，我就能猜测爷爷也不会干。日后从街坊的闲谈中得知，我家在新中国成立前确曾有过几十亩薄地，由于我奶奶不会打理，家里也没帮手，那地更多时只有荒芜了。

由此，我推测我可能不是汉民的后代，或者说我的先人是汉族，但也长期在城市里经商，或者在东北、内蒙古一代过着游牧的生活。前年，我到承德赛罕坝牧场，看到一处八旗子弟大营，我突然有一种感觉，好像我的先人就曾经在这里战斗过。至于他是士兵，还是将军，这不重要，重要的是我有了从此找到祖先的感觉。前年，我到北大荒及哈尔滨的金大都遗址参观，我也曾有过找到祖先的感觉。然而，尽管我充满了希望，终因没有基本的根据而无法证实。后来，我把这种想法说给一些作家朋友们听，有人从我的长相上说有前面所述的可能。而几位姓陈的朋友则说，咱们姓陈的肯定在黄河流域，具体说在河南周口，那是古代陈国所在地。如果这一依据成为事实，那我的姓氏就是国姓了。于是，我跟周口的几位文友联系，叮嘱他们务必帮忙，我准备约一些陈姓作家、艺术家，譬如陈建功、陈祖芬、陈世旭以及台湾的陈若曦，加拿大的陈浩泉等，择个黄道吉日大家一起去周口搞个寻根问祖之旅什么的。

说来有趣，去年广东亚运会前夕，番禺区约请国内一批作家进行采风活动。在番禺乡下一个小镇，我们发现了一家陈氏祠堂，文字记载有四百年历史。我当即拉住《解放军报》的陈先义和《文学报》的陈歆耕，说咱们三个陈氏子孙在祖宗面前合个影吧。他们听后，当然像我一样兴奋，说，真是天赐的缘分啊！

这家陈氏祠堂的后人我见到了几个，长相一般，过的日子也不是很富裕，但我却很羡慕他们。虽然他们很少有时间到外面的世界去观看，可他们每天守着老祖宗。而如我一样的人呢，几乎成天在空中、铁路上穿梭，可不管飞得如何高，走得如何远，怎么也找不到自己的根了。一个没有了根的人，如同没有了祖籍。没有了祖籍谁知道你从哪里来，甚至你自己也不知道你从哪里来。想来，这样的人生是多么可怜，多么无助啊！

忏悔是否有门

当我把 35 只雏鸡深埋掉的时候，夜色已经笼罩了田野。这一天是 1985 年 3 月 16 日。回家的路原本只需 10 分钟，而我竟然用了 40 分钟。眼泪一直噙在我的眼眶里，是羞辱，也是不安，还夹杂着某些难以说得清的东西。

1983 年，中考失败后，我考入了本校的职业高中。我们这所中学，建在农场里，那个年代我们那里的高中生考大学几乎是一种奢望。自从我 1980 年 9 月进入这所中学，耳濡目染的不是良好的学风，而更多的是打群架，拍脖子（谈恋爱）。我清楚地记得，有一次一位化学老师和一个初三学生打架，老师竟然从腰里拿出一把菜刀，而学生则从书包里取出两块方砖，尽管双方被老师和学生给制止了，但那一触即发的场景至今幻影般浮现在我的脑海，以至多年后，我见到这对师生心里还十分紧张。

20 世纪 80 年代，在中学里创办职业高中，这在全国也是比较早的。我们这个职业高中是两年制，畜牧兽医专业。具体方式是，农场出畜牧兽医老师，学校出文化课老师，农场每年给学校 10 万元管理费。所有的毕业生，即每年招收的 40 人，全部定向分配到农场所属的猪场、鸡场、鸭场、牛场和渔场。1983 年 9 月，我考入职业高中畜牧兽医时，这个班已经办过 3 届。也就在这一年，我开始从事文学创作，先写诗，后来写散文和小说。

畜牧兽医班的学生，全部是农家子女。第一届 40 人当中，有师兄也有师姐，从第二届到我们这届就全部是男生了。学校里的其他学生，私下里管我们叫“秃子班”。虽然难听点，倒也形象贴切。不过，我们这个班有很多优势，足球比赛，可以组成甲、乙两队；篮球比赛，可以派甲、乙、丙三队；拔河比赛，学校里任何一个班级都不是我们的对手。即使遇到学生之间的打群架，也没人敢惹我们。当然，我们也不是那种没事找事的人。

自幼生活在农村的人，对鸡鸭猫狗再熟悉不过了。可是，当真有人问你这些动物的生活习性、肌理构造以及营养学方面的内容，你就还真的有点丈二和尚，无论如何说不清楚。记得我父亲曾跟我说，他有个同学由于文化程度低，去参加农场畜禽防疫员考试时，当问到“请详细说出猪的体貌特征”时，这位仁兄憋了半天终于憋出了“猪头下货”四个字，结果弄得考场笑翻了天。

关于家禽家畜，老百姓有句俗话，叫作“家有万贯，带毛的都不算”。就是说，不论是鸡猫猪狗，这些动物都有生命，有生命就有生死。过去，在很多文学作品和影视剧中，经常看到家里来了客人，憨厚的农民大叔大婶准会毫不犹豫地宰一只鸡款待。这其实一点都不真实。我在五六岁时，曾亲眼看到隔壁邻居三奶奶家的大公鸡丢了，她坐在碾盘上哭天号地的景象。三奶奶甚至将偷鸡贼骂得很难听。听着这种痛快淋漓的叫骂，谁能相信她会宰杀一只鸡款待客人呢？

我第一次宰杀的鸡是一只芦花鸡，那一年我九岁。其实，那只鸡是一只即将死去的病鸡。父亲把它浸到热水里，取出放置在案板上，我帮助把鸡毛拔掉后，趁父亲到小卖部买酱油的空当儿，用刀狠狠地向鸡腿剁去。由于力气小，几次都没有把鸡腿剁开，在我用手撕扯时，一个不小心，手指碰在刀刃上，顿时鲜血滋了出来，当时的我被吓得眼前一黑，几乎晕倒在地上。后来，父亲背着我到村上的医务室包扎好，才算长长地舒了一口气。从此，我再也不敢杀鸡了。

然而，命运却偏偏让我选择了畜牧兽医专业。杀猪宰鸡在今后的日子里，我将无法回避。特别是我们学过解剖学后，了解了各种禽畜的生理构造，再宰杀起来就容易多了。可是，我还是不忍下手。在学校实习期间，我几乎一次都没有亲手实践过。我那时还有一个秘密的想法，就是毕业后当作家。因为，在学校期间，我已经有五六篇作品见诸报端了。

1985 年春节过后，学校通知我们到农场的各个畜牧场实习。我和几个同学被分配到鸡场。最初的日子，也没什么事，主要是跟饲养员一起给鸡喂饲料。3 月 16 日那天，鸡场的技术员突然通知，下午要给一批小雏鸡打防疫针。我们说，上学时没有干过。技术员说，很简单，到时你们模仿我的样子就可以了。同学们自然很兴奋，有点过六一的感觉。大约下午 4 点，技术员把药品带来，将疫苗针剂配好，分给我们每人一支。然后，饲养员开始抓雏鸡往我们手里送。这种雏鸡叫来航鸡，长大后羽毛很白，下的蛋是白皮。眼下只有十几天，雏鸡的羽毛大都还带着黄褐色。我们这次接种疫苗大约有 2000 只鸡雏，平均每人 250 只左右。刚开始，由于有技术员带着，我打过的十几只状况很好。打完随手往地面一丢，雏鸡们便蹦蹦跳跳地跑远了。可等技术员离开后，我一个人独立操作时，我发现我打过的几只鸡怎么蹦跶了几下后，竟然全都倒在了地上。(一周以后我才弄明白，应该是皮下肌肉注射，而我则选择了心脏注射。)我开始紧张起来，心里直说，这可怎么办？现在回想起来，假如当初我直接问技术员或同学，就不会产生后面的后果。看来，还是侥幸心理和死要面子害死人，以致我在接下来的七八分钟里竟然使 35 只鸡雏死于非命，而我却始终没有停止的意思。还是一个饲养员眼尖，她突然尖叫起来："别打了，别打了，你们看雏鸡都死了！"于是，所有的人都停下手中的工作。目光先是盯向死去的鸡雏，然后再互相观望对方，似乎要从各自的目光中发现凶手。我当时感到脸红胸闷，我说你们不用看了，雏鸡是我打死的！说完，我拿起工作服就往鸡舍外边走。这时，鸡场场长从后面追上我，他说："你不能走，你必须把事情说清楚。你要知道，我们是生产单位，要讲经济效益的。你可倒好，一针一个，35 只！真痛快啊！也就是现在，要是'文革'时期，我非弄你一个破坏生产罪！"场长的话太刺激了，我感到五雷轰顶，我的脸脖子根臊得通红，我赌气地说："您也不要这么严厉，我知道我错了，我赔偿。"我的话并没有让场长止住火气，他说："赔偿？你拿什么赔偿？这可是 35 条小生命啊！多亏你学的是兽医，你要是人医哪，你简直就是刽子手！你告诉我，你为什么不提前停止打针？"

是啊，我为什么不提前停止打针呢？这个问题让我思考了 20 多年，也让我痛苦了 20 多年。每当想起这件事，我的心里都要经过一次次折磨和蹂躏。我信仰佛教，我相信生命轮回，我多么希望那 35 条小生命能真的复生啊！可是复生的门在哪里？这些年来，我曾无数次地忏悔过，可我的话那些小鸡雏们能听到吗？我不知道，我真的不知道，我只能祈求灵魂饶恕。假如，这个世界真的有灵魂存在。

脸对脸呼吸

自20世纪90年代从农场出来，进京城已经二十多年了。随着时间的流逝，有些人和事大都忘记了。六月的一天，同学老梁给我打电话，说好几年不见，想我了。我问，你不卖你的保险啦？老梁说，卖，咋能不卖呢？我说，咱们丑话说在前面，如果见面你再向我推销保险，我们就永远不见面了。

老梁是我的初中同学。上学的时候，他的个子只有一米五几，座位永远是第一排的中间。初一的时候，老师让他当班长。可只当了三个月，他就当不下去了。先是男生欺负他，后来女生也欺负他。有一天，上早自习，同学们聊天聊得很热闹。梁同学便站起身大声喊道：同学们请安静，不要影响相互学习。这时，一个姓黄的同学站起来走到梁同学近前，用手胡噜着小梁同学的头说，大家请安静，谁再大声说话，就影响小梁同学长个啦。结果，教室里掀起一阵哄笑。

老梁和我一起分到农场的猪场。干了一周的壮工后，领导给我们找老职工拜师傅。我和梁同学拜同一个师傅，姓张，个头比梁同学还矮，瘦小枯干，脸皮黑黑的，一笑露着几颗大黄牙，很恶心。干活的第一天，张师傅发我一把铁锹，让我清理猪圈。梁同学呢，则分到一辆双轮车，负责拉饲料。按说我们都是农村孩子，高中学的又是畜牧兽医专业，干点力气活实在没什么了不起。可那天，我就是怎么也不想干活。原因是，我在高中期间，已经在报刊上发表十几篇作品，老师、学生都称我大作家，甚至他们都开始习惯叫我的笔名天宇了。毕业前夕，猪场的书记到学校找到我，说我是政工人才，希望我毕业选择到他们单位，而且保证我进办公室。在这之前，其他如牛场、鸭场、鸡场的有关领导也找过我，都欢迎我到他们单位去。可我万没想到的是，等我到猪场报到的第一天，从场长的嘴里得知，我认识的书记已于一周前到市农场局职工大学上学去了。我想到我将和那些没文化的工人甚至跟我的同学一起喂猪，简直羞辱难当，心里都快要憋屈死了。

农场的畜牧饲养水平很高，我所分配的这个养猪场在全国农垦系统赫赫有名。猪场不仅有自己研究的北京黑猪，还有从国外进口的杜洛克、长白、约克夏，这些都是瘦肉型品种。由于农场采用的是科学饲养，饲料全部是全营养配方，这里的肉猪五个月就可以长到二百多斤，而地方的猪要养到一年。尽管如此，已经迷上文学创作的我，无论如何是不想干这种体力劳动的。至于老师昔日所说的好好干，将来可以当上车间主任、技术员、场长一类的话，我是连想都不会想的。

我决定磨洋工。我把工作服往休息间的铺板上一扔，四脚朝天往凉席上一躺，睡觉。等到快中午时，我用自来水管把每个猪槽蓄满水，然后回家。下午依然如此。而我的同学老梁呢，则天天累得满头大汗，浑身臊臭，我都懒得挨他。一周过后，猪场里做小结，老梁他们六个同学自然被领导和师傅表扬了一番。轮到我，首先是张师傅告我整天磨洋工，就知道睡大觉。然后，主管领导也批评我劳动态度不积极，直接表示如果继续这么吊儿郎当，就延期给我转正。我一听急了，慷慨激昂地说：你们刚才说的我不完全接受，你们不想想，现在的猪肉价格连续下降，而饲料价格却上涨，连老百姓都知道，高价粮，低价猪，谁养猪谁是猪！我们这种盲目生产有意义吗？简直是劳民伤财！想不到，我的话还真把那些攻击我的人震住了。

那天晚上，同学们在猪场附近的酒馆聚会喝酒。在喝酒过程中，大家都把猪场上下骂了个够，老梁说，今天就是老红够爷们儿，给咱们同学长了脸，出了气，从心里，我也看不起那个姓张的师傅，什么人啊，活脱脱一个武大郎。这时，有人举着酒瓶对老梁喊，你别净说别人武大郎，你其实是乌鸦落到猪身上，只看到别人黑，看不到自己黑。同学的话激怒了老梁，他顺手抄起一瓶啤酒，冲着同学喊，孙子，别老挤对我，有本事今天看谁把谁喝趴下，谁趴下谁是猪，是配出来的。

那一晚，所有的同学都喝多了，包括喝半截从别的畜牧场赶过来的同学。酒馆老板见状，就问还算清醒的我，这么多人都喝多了，这可怎么办？我说，好办，你这里有空余的房子没有？如果有，我们把他们弄到一块，今儿晚上就让他们痛快地睡吧。

老板说，在旁边有一间放杂物的屋子，里边有一土炕，你们要是不嫌弃，就在那里凑合一宿。我说，人到这份儿上还嫌弃个啥，再说，整天跟鸡鸭猪牛一块混的人，还有什么不适应的。老板说，那也是。即便如此，他还是在炕上给铺了一领炕席，还用笤帚给扫了几下。于是，我和老板连架带哄地把十几个人都弄到炕上。都折腾完了，已经是夜里十一二点了。我闲着没事，趴在饭馆的饭桌上看书，看着看着就不知不觉睡着了。

等我醒来时，天光已经大亮。我问老板，我的同学都醒了吗？老板小声说，你自己去看看吧。我小心翼翼地推开屋门，瞬间被眼前的一切笑翻了：只见同学们有的脸对脸呼吸，有的头枕着别人的脚，有的则屁股对着别人的脸。只可惜，当时没有照相机，如果有，这将是多么值得记忆的一幕。甚至想，假如过去三十年、五十年，大家还能聚到一起，看到这张照片人生该有多少感慨啊！

时光匆匆，我在猪场工作一年后就到农场机关了。五年后，当我正式调入北京一家刚创刊的报社，在我从农场人事部门拿到调动手续的一刹那，我情不自禁地哭了。如果你问我为何落泪，我自己也说不清，这其中肯定有爱，有恨，有怨，有很多的说不清。

进入 20 世纪 90 年代，随着农场产业结构和为首都服务功能的调整，农场的许多工业企业和畜牧企业纷纷重组、转制、倒闭，而我的那些同学呢，有的担任了干部，有的下岗，有的自谋职业。过去我所到过的诸如牛场、饲料厂、乳制品厂、制药厂等许多单位已经没有了，在那些曾经辉煌的土地上矗立起来的则是被冠以康城、温泉别墅等好听名字的居民社区。

在这期间，我和农场里的同学见面已经很少了。偶然的一次，在通州新华大街上，我见到了老梁。当时，我正在一家工业企业采访，想不到一出厂门，正看到老梁从门口经过。如今的老梁，个头已经蹿到一米八几，个头比我高半头，穿着西装，扎着领带，手里提着黑色的皮包。我急忙叫司机停车，对老梁的背影喊道：“老梁！”

听到我的呼喊，老梁猛回头，见是我，惊喜地向我跑过来。

我连忙下车，哥儿俩激动地互相拥抱了一下。毕竟十年没见了，百感交集。我对厂里的司机说："您不用送我回城了，我遇到老同学了。"

我和老梁在眉州东坡酒楼的一隅坐下。老梁告诉我，他从猪场出来后，又去乳制品厂，后来办了停薪留职，他现在在通州的一家保险公司做业务员。我说，卖保险这活不好干。老梁说，开始是这样，时间长了，就摸索出点规律，他现在有几十单大客户。老梁问我，你女儿上保险了吗？我说，他们学校给统一上了。老梁说，学校上的是普通的，我给你说，保险一共有 ×× 种，你们家孩子最好选择 ××、××、×× 险种。你看啊，咱们同学 ×××，他的儿子因为没上我说的保险，结果去年溺水身亡，索赔就很少。相反，咱们同学 ××，她的女儿因为买了我提供的 ××、×× 险，结果她女儿出车祸致残就获得了八十多万的赔偿。

老梁说起他的业务来，跟口吐莲花似的，你想插话都很难。最后他说，你回家跟你媳妇商量一下，最好还是把我说的险种买了。如果不买，将来后悔都来不及。当然，我这不是在咒你，我们是同学是哥们儿，买不买都由你。

与老梁分手后，在接下来的一个月，我几乎天天都能接到老梁的电话或短信，要么发个笑话，要么介绍险种，核心还是买他的保险。开始，我碍于老同学的面子，还是接他的电话，回短信，但时间长了，我实在忍无可忍，便把他的电话号码给屏蔽了。从那以后，老梁就不再跟我联系了。

为这事，我常犯嘀咕，我这么对待老同学究竟合适不合适呢？我爱人一天对我说，看你这么为难，不行咱们就买一点儿吧，就如同捐希望工程了，说实话，老梁也不容易。话虽这么说，可我还是下不了决心，我担心老梁有了第一次成功，他肯定还会有第二次的。这就是老梁，跟过去截然不同的老梁。即使这样，无论如何，我还是不能对今天的老梁说再见。因为，我们毕竟曾经是脸对脸呼吸的同学。

寻找黄秋菊

半月前的一天，是本人的生日。我像很多的男士一样，从来不给自己过生日。然而，今年的生日，我却意外收到来自秀秀的速递礼物——一件圣大保罗品牌的红色T恤衫。打开包装，里边还有秀秀的字条，上写：祝亲爱的红老师生日快乐，好作品多多。

秀秀是公安系统的小警花，前几年到北京参加一个文学活动时跟我认识的。秀秀在公安局政治部工作，搞外宣，她白天写新闻，编警情反映，晚上写散文写小说。这几年，她在全国报刊发表了几十篇作品。我跟她们省里的好多作家都很熟悉，他们都说秀秀特别知道感恩，走到哪儿都说她是我的学生。

我不大同意秀秀的说法。咱就是个报纸副刊编辑，帮人家发几篇作品，给人家的稿子提点建议，怎么就成了人家的老师，这也太逗了吧？我始终认为，作家写作，是一种天赋，任何人都没有把别人培养成作家的可能。

这让我想起北京某名刊的一个老编辑。20世纪80年代文学热的时候，一个默默无闻的业余作者，要是能在这个刊物上发一篇作品，很快就能引起轰动效应。如果是农民作者，可以转户口吃商品粮；如果是工人，可以调到机关，或者进入专业文艺单位。话说这位老编辑，在当年从北京某钢厂发现了一位业余作者，经过他多次帮助谈话、修改小说原稿，不到几年的工夫，这老兄在京城里就出人头地了。很快，他被调到宣传文化部门，90 年代，竟然当上了副部级。也许是官当大了，见的人太多了，自从在那个名刊火了以后，副部级就很少跟老编辑联系了，开始几年，还寄几张贺年卡，后来，索性连贺年卡也不寄了。去年的春节，在首都文艺界春节茶话会上，老编辑远远地看到了副部级，他对我说，我想和他握握手，三十年前我还发表过他的小说呢。你说他不会拒绝我吧？看着老编辑忐忑的样子，我说，应该不会吧，人咋能这么健忘呢？

老编辑听了我的话，趋步向副部级走去。等他快到副部级近前时，副部级的秘书左手举着领导的呢子大衣，右手搀着领导的胳膊，对几个走过来寒暄的人说，对不起，领导还要参加下一个活动。然后，一一和寒暄的人握手。老编辑是最后走上前去的人，他在和副部级握手时，礼貌地说了句“× 部长您好”，他想副部级此刻一定会认出他，甚至会激动地叫他一声:“× 老师！”然而，老编辑的想象错了，副部级只是和他象征性地握了一下手，那力度可能还不如之前的几位。最为重要的是，副部级一句话也没说，不，是一个字也没说。

老编辑晃动着身子回到原来的座位上。他失落地喃喃自语，他怎么能这样呢？我难道真的变得让人一眼认不出来了吗？我目睹了老编辑刚才的全过程，我给他倒了一杯茶，说，这个世界的人和事本来就不是让我们都记住的，记得多了，烦恼就会多。就说这个副部级。当初您帮他，是出于编辑的本能，您是没指望人家将来飞黄腾达来报答您啊。如果他今天还是个无名的作者，您会像在乎副部级一样在乎他吗？

我的话让老编辑茅塞顿开。他连忙说，对，对，喝茶。

话虽这么说，从茶话会回家的路上，我在想，这么多年来，我是不是也有一个或几个特别在乎的人呢？回答当然是肯定的。

譬如，三十多年来，我一直在寻找一个叫黄秋菊的女知青。

黄秋菊是 20 世纪 70 年代末到我们京郊农场插队的女知青，她被分配在果园。我儿时住的村子，与这个果园只隔一条公路。一年四季，我都是伴着果园长大的。我记忆最为深刻的，一个是在春季，苹果花、桃花盛开的时候，我每天早晨都要到果园里去读书，那花香、蜂鸣、蝶飞，如诗如画。另一个是冬天，我会在白白的雪野中循着野兔的足迹，去发现它们的归巢。我只是好奇，绝没有伤害它们的意思。还有一点，让我记忆深刻的，就是捡树枝。

那个年代，不论农场还是农村，烧煤气还不能普及。绝大部分家庭，还是靠烧煤和烧树枝的。记得 1978 年冬季，我在小学三年级的时候，就开始到果园捡树枝了。这捡树枝也是有规矩的，大些、粗些的，一般工人们剪完后会打理成一捆，然后绑定在自行车行李架上，等下班时在我们艳羡的目光中带走。而我们只能在他们走后，将剩下的细小的树枝捡在一起，再用竹筐背家里。有些胆大的孩子，往往趁工人在树上剪枝时，将一些粗大的树枝快速地抢走。为此，工人和我们捡树枝的孩子经常会发生纠纷，甚至出现果园工人打孩子的事件。

捡树枝人少的时候还好办，人多的时候，你就得早早地来，在几棵树下等，经常一等就是两个多小时。冬天的果园不比夏天、秋天，冷极了，尤其是刮风下雪的天气，常把人的脸冻得通红通红。我们那时家里穷，通身穿着薄薄的青布棉衣，里边什么衬衣衬裤也没有，冷风吹过，能从头凉到脚。有几次，我真想不来了。可不来又怎样呢？家里还真需要树枝烧呢。

大约捡了半个月树枝，忽然来了一个高个子果园女职工，同事都亲切地叫她小黄。这个小黄不仅个子高，而且长得漂亮，圆脸，大眼，皮肤圆润而白净，特别是两条长辫子甩在脑后，别提多漂亮了！或许是出于对漂亮女职工的好奇，我们一帮小孩子都老远地围在树下，看着小黄剪枝的样子。那个年代，别人我不知道，对于女知青我还是很熟悉的。因为 1972 年到 1975 年，我家就住着三位女知青，人长得虽然没有小黄漂亮，但也不难看。至于村里知青点的女知青，我也都熟悉，她们经常到我家来串门儿。我所以写这些，无非是想告诉你，小黄也是女知青，我是听果园工人聊天时知道的。我还知道，她还没有男朋友呢。

小黄剪树枝的身段煞是好看，她剪树枝的声音清脆得很，我们想形容像啄木鸟，但又觉得那声音比啄木鸟的还好听。这大概出于每个孩子都被小黄的美丽给迷住了。一天，有同伴问，谁敢到小黄的树下去偷树枝？伙伴们你看我，我看你，谁也不吱声。同伴又说，他发现一个秘密，每次小黄下班，她都不要任何树枝，骑车就走。这话我听在心里，第二天我想第一个就到小黄剪枝的树下等。

印象中，20 世纪 70 年代的学生寒假要比现在的时间长，留的作业要比现在少。即使这样，在捡树枝的空隙，我也愿意拿本书读。第二天早晨八点半，我第一个来到小黄剪枝的树下。再过几分钟，我发现陆续又有几个伙伴往这边走，见我在这里，他们失望地转向别处。我两眼看着小黄上树灵巧的样子，有些地方实在够不到，她还要搬梯子。这时，我便自然地跑过去，用通红的双手帮她扶梯子。这人字梯子四脚杵在地下，一般很牢固，即便这样，人下意识地也需要有个人帮着扶一下梯子，即使扶梯子的是个小孩。小黄见我认真的样子，她问我："小同学，你多大了？"

"11 岁。"我怯怯地回答。

"哦，你和我小弟弟一般大啊！你叫我姐姐吧。"小黄爽朗地说。

"你为什么不要树枝啊？"我很关心这个问题。

"我家在城里，烧煤气，不用树枝。"

小黄说这话时口气很轻松，但并没有居高临下、盛气凌人的劲儿，这让我内心里非常喜欢她。

"你弟弟在城里寒假时玩什么呀？"我好奇地问。

"去北海溜冰，去胡同里玩打仗。"

"我爷爷家也在城里，"我想努力与小黄拉近距离，"可是……只有春节时我爸爸才带我去。"

"你爷爷家住在哪里啊？"

"白塔寺。"

"哦，离北海不远。我家住在北新桥。"

小黄家住的北新桥在哪里，当时的我一无所知。不过，她说她弟弟溜冰的地方北海离白塔寺很近，无形中拉近了我们之间的距离。此刻，我真的想叫她一声姐姐啦。

十分钟后，小黄将南面一侧的树枝剪完，她在歇息的空当对我说，从明天起，你不用这么早来，天多冷啊！你在家好好读书，等快十一点半你再来，下午五点以前来，我会把树枝理成捆给你留着。

小黄姐姐的话让我很感动，很温暖，只可惜我那时还不会说“谢谢”二字。

从那以后的二十多天，我每天都按小黄姐姐说的时间去背树枝。有几次我提前到了，她会冲我甜甜地暖暖地一笑。我若是去晚了，她会坐在捆好的树枝上等我。每次我把树枝绑在筐上，接着费力起来的时候，小黄姐姐都会在后面用力地帮我掴起来。对于小黄姐姐对我的好，许多村里的伙伴都很嫉妒，他们背后总爱对我说“大美妞看上你了”。我知道他们没怀好意，我开始还跟他们争执几句，再后来我理也不理他们了。

春节到了，果园放假了。过了正月十五，学校就要开学了。我多么希望天天能见到小黄姐姐的身影啊！可我们上学放学的时间，跟小黄姐姐永远不在一个点上。最初的那几天，我的心里失落落的。我何时才能见到我的小黄姐姐呢?

1979 年，传来高考和知青返城的消息。村里的知青蠢蠢欲动，农场里的知青也在摩拳擦掌，看着知青们一个个离开村里，父亲和乡亲们是那样的依依不舍。很多知青纷纷到我们家串门，一天不行两天，似乎有说不完的话。我妈对我说，到多天儿都不能忘你有一帮知青好哥哥好姐姐啊。是他们帮咱们家盖房子打家具啊！任劳任怨，起早贪黑，没吃过一顿饭啊！

我记住知青与我们家之间的情谊。那时，我还没有告诉我父母，在那年寒冷的冬天，有一个知青姐姐，她用一把剪刀给了我一个温暖的冬季。

这年夏天，农场请来一个城里的评剧团到果园慰问演出，我们学校也放假前去观看。中午天气很热，用苫布围成的临时剧场里边更热，很多人都忍不住跑了出来。我没想到，就在我跑出来的瞬间，正看到小黄姐姐从对面的马路过来。夏天的她，上身穿白地红花的衬衫，下身是标准的黑色筒裤，脚蹬白色高跟凉鞋，头发散着飘在脑后，咋看都跟电影明星似的。我不由得大声喊道："小黄姐姐！"听到突如其来的喊声，小黄姐姐一怔，但很快认出了我，她兴奋地叫道："是你？小红。"我再也忍不住，一下扑到小黄姐姐的怀里，任泪水扑簌簌地流下来。小黄姐姐说，小红不哭了，姐姐也挺想你的。她接着问了我一些学校和学习的情况，临分别时，她特意买了两根雪糕冰棍给我。

等到了十月，农场招工，我母亲被安排在果园食堂。在食堂工作好处很多，其中重要的一条是认识人多。大约一个月后，我向母亲打听，你们单位有一个姓黄的城里知青吗？母亲说，有啊，不过我来几天她就调回城里了，那女孩挺漂亮的。母亲的话让我几乎崩溃了，我多想对我母亲喊，您怎么不早告诉我，我多想再见小黄姐姐一面啊！

人世间的事情就是这样，所谓的缘分，有的往往仅仅是匆匆的一瞬。你想永远地抓住它，它给你的永远是后悔是思念。三十多年来，包括以后进城的二十多年，我一直思念着小黄姐姐，每当自己有了一点进步，或遇到什么挫折，我多希望跟她说一说。哪怕是在公交车、地铁站、百货商场，我总希望她能出现，哪怕一分钟也好啊。可是，没有。机缘这个狐狸精再也没让我碰到。

几天前，我听一个朋友说，你要找一个人很容易，公安系统有内网，只要把姓名、身份证号码一输，很快就能知道那个人所居住的位置。我一听，立刻来了精神。我打电话给秀秀，希望她能帮忙查找小黄姐姐的下落。我告诉秀秀，小黄姐姐的名字叫黄秋菊，身份证不知道，她应该属于 20 世纪 50 年代生人，家住北新桥一带。秀秀说，你等我半个小时，查清楚马上告诉你。时间一秒一秒地过去，我想象着秀秀一会儿告诉我后的惊喜样子。大约过了一个小时，秀秀打电话过来说，你说的我给你反复查了，有两个，一个是 1952 年的，在北京郊区。另一个是 1957 年的，在北京某部队大院。我问秀秀，你能把她们的照片传给我吗？秀秀说可以。几分钟后，我一看秀秀传来的照片，顿时傻了眼，这两个人不论是气质还是外貌，比我的小黄姐姐都相差甚远。我不禁追问秀秀，就这两个人的信息吗？秀秀肯定地回答，没错，就这两人，再有就是 20 世纪 70 年代出生的了。秀秀反问我，你是不是把名字记错了？我说，这怎么可能呢？准是有特殊情况，你帮我分析分析。

秀秀说，人失踪有三种可能，一种是这个人出国了，加入了新国籍，或者去了外地。另一种是犯罪，被判刑，户口被取消。还有一种，就是这个人已经死亡了，户口已经被注销。秀秀的话说得很专业，我无法相信也无法猜测是哪一种情况。但就我的内心而言，就是给我十万个理由，我也不相信我的小黄姐姐属于第三种情况。我始终坚信，她那样的好人，怎能不长寿呢？我期待着今生今世与她的重逢。真的，好期待，永远地期待。

生者对死者的微笑

浩然先生谢世后，很多作家都发表了自己的感想。我不知道别人乍一听到先生去世的消息是什么反应，那天——2月20日早晨不到8时，三河市文联的高宇帆给我打来电话，告知浩然老师过去了。我先是沉默了一下，然后说，先生过去了好啊，免得再受罪了。记得五年前先生刚住进同仁医院我去看望他时，他因为脑中风已经僵硬地躺在病床上，再也不能像过去那样与我开心地交谈。当时病房里只有一个护工，我趴在他耳朵上喃喃地说，浩然老师，我是红孩，我来看您来啦！我感到他的手略微抖动了一下，随后只见一串眼泪从眼角流出。我哽咽着接着说，您别担心，您会好起来的，我们还需要您的扶持哪！再往下——我实在不知道该说些什么安慰他的话。我只是默默地坐在他身边。我想，我只要在他身边能这样地坐会儿，说不定对他也会起到一定的安慰作用。约莫过了20分钟，我实在不忍再看到他不安的样子，遂起身告辞。那个护工提醒我，你还想说什么，就写在留言簿上吧。我拿起笔，竟感觉一个字也写不出，我内心很清楚，这极有可能是生者对逝者的最后留言。我想了想写道：浩然老师，您可不能倒下啊！您可是中国乡土文学的一面旗帜，我们需要您。

我这话不是随便说的。对于先生的离去，媒体和网络上有很多说法，有人说他是个好人，也有人说他是个悲剧人物。最初的几天，我一直默不作声。有几家报社的记者打电话，希望我说点什么。我说现在的说法很多，咱人微言轻，说什么都为时尚早。等过几天再说吧。就在这时，广东作家协会副主席、《作品》杂志主编谢望新到北京开会，他邀请我为第四期的《作品》写个卷首语。我和谢望新是忘年交，他写父母亲的散文曾一度打动过众多读者，也包括我。对于我的散文批评，他也一直赞赏有加。谢老师说，我们的卷首语每期请一位文学名家写一篇创作谈，已经坚持了 8 年，在文学界很有些影响。我说，好啊，可是这几天正逢浩然老师去世，我的怀念文章还没写呢！这期的卷首语是不是先请别人写？谢老师说我看能否这样，浩然老师是我国当代有着重要影响的作家，我们《作品》杂志同人对他的去世也是感到非常惋惜，你是他的学生，又跟他有着多年的交往，你就从浩然先生写起吧。2 月 27 日，在浩然老师遗体告别的前一天，我把文史出版社总编辑马威送我的一套《浩然全集》（18 卷）摆在桌前，看着先生身披大衣，面带慈祥的微笑，我开始写这一篇沉重的卷首语。在写作之前，我总觉得自己该有千言万语要说，等真的用手敲动熟悉的键盘时，我才发现我竟然一句话也写不出。我明白，人到悲伤处，大脑常常会出现一片空白。无奈，真的很无奈。我必须调整好自己的心情，我必须以理智的思想来写好这篇文章。这既是我对浩然老师的纪念与认定，也是我长期以来对乡土文学作家思考的一种心得。在文中，我说：

浩然先生的去世，在很大程度上标志着中国乡土文学大师时代的结束。我觉得我这话说得一点都不过分。

往前看，鲁迅、沈从文、萧红、孙犁、赵树理、马烽、汪曾祺以及高晓声、刘绍棠等可以尊为乡土文学大师的人们都已先后离去，往后看，还有谁呢？换句话说，即使有，他们能被社会公认吗？

刘绍棠生前曾就他所倡导的乡土文学提出几条规定性的标准：中国气派，民族风格，地方特色，乡土题材。我认为，他所指的乡土题材，不光是指农民与农村，也包括具有农业特征的城市。在这里，乡土是泛指，北京是乡土，上海也是乡土，重要的是其产生所特有的地域文化。因此，在这个意义上，老舍也该被列为乡土文学作家。

综观中国现代文学，从整体上讲，大约都应该划作乡土文学的范畴。这主要与我们一直处于农业国有关。就文学中的小说而言，我们在判断它的得失优劣时，尽管有这样那样的尺度，但有两点无法绕开：一是语言，另一个是人物。这两方面都与地域性有关。前面我们所列的作家，他们在这两点上都达到了文学的高度，是真正的国家队水平，有的即使放到世界文坛去打拼，也依然是写作先生。说得绝对些，语言和人物的成功，实乃地域性的胜利。

语言问题，也是地域问题。一个优秀的作家，他的作品总会体现独特的地域文化构成，其中语言是诸多要素（如民俗、地理、历史）中最耀眼的。很难想象，一个没有语言风格的作家，能写出好的小说来。

关于人物，近年来好像提得少了，其实这是个最关键最核心的问题。离开了人物，写小说还有多大意义？鲁迅所以伟大，老舍所以经典，赵树理所以受大众欢迎，依我看，主要是他们笔下出现了众多的经典人物。在现当代文学中，中国还有谁比他们笔下的经典人物多？

当下，有很多头脑发热的作家总说自己的小说如何，我不知道别人的标准，在小说上我看好的就是谁塑造的经典人物多和其对地域文化有没有深层的挖掘与描写。两年前，铁凝历时六年推出了长篇小说《笨花》，当时有很多的评论家都在引用出版社撰写的内容提要，认为本书是“截取清末民初到上世纪四十年代中期近五十年的那个历史断面，以冀中平原上一个小村子为生活蓝本，以向氏家族为主线，在朴素、智慧和妙趣盎然的叙事中，将中国那段变幻莫测、跌宕起伏、难以把握的历史巧妙地融于凡人琐事当中”，我以为那是不准确的，作者的真正目的是对香雪呼唤（火车）工业文明的颠覆，是对农业文明，即原生态文明的回望。倘不如此，她怎么会大量地用足笔墨对冀中平原的历史、民俗、风物进行工笔细作？我们不难发现，在这一点上铁凝的《笨花》与贾平凹的《秦腔》有异曲同工之妙。或许有些作家朋友认为我对小说的要求过于苛刻，可我必须坚持。文坛毕竟不是一个人的文坛，那种在被窝里出汗自己整天喊热的人实在是病得不轻。但愿我的挑剔能够成为著名作家和获奖作家们头上的一瓢冷水。

请原谅我，在这篇本该记录我与浩然老师的交往以示作为纪念的文章的写作之际，引用了我这么长的一段话。我所以要这样，就是想要说，浩然的文学创作成就，绝不是被很多无知的人动辄就以“八个样板戏一个半作家”（半个作家指广州军区的张永枚）那样的政治语调所圈定的。通观浩然老师的所有作品，你会发现，他的文学成就恰恰就在于地域性的胜利，同时也是语言的胜利。顺便说一句，去年 10 月前后，日本早稻田大学一个叫栗愿纯子的研究生，经人介绍反复找到我，希望我能介绍一下浩然老师的情况，她说她研究浩然老师已经好几年了，现在写就一篇一万多字的论文，在大学学报上发表。我问她是日文版的吧，她说她可以翻译成中文。我说，祝贺你，你选择研究中国当代文学，把浩然老师作为研究对象，说明你有文学眼光，而且有世界眼光。纯子听后很兴奋，一再表示如果有机会来中国，她一定要见见浩然老师，到浩然老师笔下的乡村走一走。

我注意到，浩然老师去世后，中国作家协会主席铁凝曾于当日到浩然老师家吊唁，遗体告别那天她又亲自到八宝山为先生送别。以我对铁凝的了解，她这样做，一个是工作关系，她是中国作家协会的主席；另一个是老乡关系，铁凝长期在河北生活，成长于河北，成名于河北；再一个是铁凝出于对浩然老师人品和作品的敬重。熟悉铁凝作品的人都知道，她的作品深受孙犁、徐光耀等乡土文学作家的影响。可以毫不夸张地说，新中国成立以来，浩然和铁凝分别代表了两个不同的时代。浩然老师的文学成就无疑在铁凝的心中占有重要的位置。屈指数来，在中国数以万计的作家中，能形成风格，可以被称为大师的能有几人？有了这样的地位，浩然老师是不是可以为自己鼓掌和欢笑呢？

在此，我不得不提到另一位乡土文学大师刘绍棠先生。作为生活在京东（冀东）一带的人们，尤其是那些立志从事文学的人，谁能不高举浩然、刘绍棠这两面光辉的旗帜呢？谁又不以他们为自豪呢？如今，这两位前辈大师都已仙去，那么被他们的福荫遮蔽过绿化过的人们，我们该思考些什么，又该做些什么呢？姑且不说唐山的关仁山，大厂的赵德平，就说通州的王梓夫，我以为，王梓夫自长篇历史小说《漕运码头》问世后，足以标志他已经成为京东地区继浩然、刘绍棠之后的领军人物。当然，我们看到，在三河、廊坊、平谷、顺义、唐山、蓟县以及通州、朝阳、大兴等地，与王梓夫前后同步以及随后紧跟又出现了一批又一批的文学写作者。浩然老师遗体告别那天，我看到更多的恰恰是这样的人们，这些人就像一条条奔流的小溪，欢跃着跳入中国文学的长河。面对着这样的情景，我们能不欢乐吗？我想，即使是浩然老师在天有灵——我宁愿相信他的遗像的音容就是他的魂灵，他也会对着我们微笑的。因此，我在写那篇卷首语和写这篇文章时，在最后都是充满微笑的。真的，我们的前人无愧于我们，我们也应该无愧于我们的后人。

日日相忆何处忆

入冬后，逢立冬、小雪时节，民间有给过世之人送冬衣的风俗。不论在城市还是在乡村的路口，傍晚时分，便有很多的人带着冥纸立在路边，先用粉笔画一个圆圈，有的还将去世者的名字写在上边，然后将冥纸一张张打开，用火柴点燃，在呼呼啦啦的火焰映红人们的脸庞后，烧纸之人便对逝者说一些祝福、嘱咐、叮咛的鬼话，也有的由于内心的悲伤还要哭上几声。以前，父亲在世时，这些事情都由他去做。记得每次做完回来，他就如同一块心病落了地。但父亲不曾想到，今年的冬天，他却失去了这个权利，而我——他的儿子，在寒风中为他送去添置棉衣的冥纸。

我向来不把烧冥纸看作是迷信，我知道那是生者对死者的一种寄托。这就如同有很多的人到寺庙去烧香。我不止一次在寺庙内看到许多衣着褴褛、满脸皱纹的老人在佛像前烧香祷告，有的人甚至将额头都叩出了血渍。每当这时，我都毫不犹豫地掏出几块钱送给他们。有的人对此却不以为然，他们认为老人很愚昧，烧香叩头不会给人免除疾病，更不会带来钱财。我说，你们千万不要这样想，我们不管结果如何，要尊重他们的权利，那是他们对灾难与疾病仅有的一点权利。如果这一点权利都不留给他们，那他们就真的什么都没有了。

父亲在世时，在农村担任过三十余年的村干部。可以说，自20世纪60年代以来，四十年间他是我国农村发生天翻地覆变化的见证者。他经历过历次运动的洗礼，他曾斗过别人，也被别人斗过；他曾长期被别人领导过，也长期领导过别人；他曾饱尝过贫穷带给家庭的苦难，也曾享受改革开放给农村带来的富裕生活；他曾领略过在村广播喇叭前滔滔不绝讲话的神气，也曾为自己退居二线而苦恼甚至是抱怨过。这一切的一切，不断丰富着他的生活，我曾对他说过，假如老天爷再给您十年时间，说不定您能像当年的柳青一样写出一部不朽的《创业史》来。可是，苍天无眼，他只给父亲留下有限的时间，他除了看蒋子龙的《农民帝国》和周同宾的《皇天后土》，只写了不足万字的散文。看着被发表的文字，他是那样的激动，仿佛看到秋后金黄的稻米一样。今年5月，我在广东番禺采风时，见到蒋子龙老师。我告诉他说，我父亲生前看到的最后一本书是您写的《农民帝国》，他是带着一个农民的理想走的。蒋子龙老师听后很感慨，说，你的话让我很感动，一个作家能有这样的读者，哪怕就是只有一个读者，这本书写得也值了！

人一辈子总是生活在矛盾当中。不同的人有不同的矛盾。打我记事起，就发现父亲经常陷入矛盾当中。譬如，在年轻的时候，他和村上的几个年轻人就向老艺人学会了糊烧活。后来其他的年轻人陆续到了城里，村里便只有他一个人会这门儿手艺了。而且，他还非常懂得农村中的婚丧嫁娶等一些烦琐的礼仪。因此，村上有些大事小情的总少不了他去张罗。我们当地人称他为“大了”（即能处理大事的人）。“文革”中，他白天当红卫兵、村干部，演戏，破除迷信，宣传政治文件，晚上则经常悄悄给办丧事的人家糊烧活。当时，由于他担任的不是主要干部，也就没人背后讲究他。但“文革”后，他在入党，特别是担任村党支部书记后，就不断有人背后议论，甚至是将其告到乡党委那里去。其实，告人的人也不光棍，你既然告了别人，可等家里出现了丧事，干吗还要登门求父亲给糊几件物品呢？对此，父亲也不计较，他说老百姓有嘴无心，谁还没有个难处，该帮还得帮。

父亲不再糊烧活，是他退居二线以后。这不是因为他年龄大了，而是附近的几个花圈店专门有卖的。尤其是随着新农村建设的兴起，很多村庄都被整体拆迁住上楼房了。想来已然住进宽敞明亮的楼房，听着悦耳的京剧，吃着新鲜的瓜果，再糊烧活显然是不合时宜了。尽管如此，我有时还是愿意跟父亲聊聊有关农村的风俗，包括糊烧活这等事，不是为别的，主要是为我写乡土文学作品增加素材。每当至此，父亲总是乐此不疲。我知道，这是父亲的乐事。在农村，像我父亲这样的人，是极受人尊敬的。

父亲走后，有很多的人哭道：老书记，您可不能走啊，您走了，村里有个大事小情的谁给我们了啊！然而，父亲还是走了，带着他的理想，带着他的快乐，也带着他的遗憾与留恋，永远地走了，留给我的只是每天的记忆。然而，我又向何处记忆呢？有人告诉我，好人走后是要上天堂的。可谁能告诉我，天堂的门从哪里打开？我多想再看看我的父亲，看看他继续躬身缩背为乡亲们糊烧活的身影。那是一个平凡而又伟大的身影啊！

躲在门柱后面的女孩

经常参加一些会议，敏感的事情时有发生。也许在一般人看来，开会迟到，或者提前退席，是司空见惯的事。但我却不这样看。我总觉得，这迟到和提前退席，就像人生一样，充满着酸甜苦辣。

我所以生发这样的感慨，是因为前不久在回老家办理新身份证登记时听到一个女孩结婚的消息。

现如今，人都喜欢年轻，据说45岁以下都可以被称为小女孩或小男孩。我说的这个女孩，年龄总该有30岁了吧。

15年前，我在北京郊区老家的一个乡政府担任团委书记。我们这个乡不大，只有11个自然村，乡镇企业也不过五六家。我刚接手团委工作时，团的组织工作几乎到了瘫痪状态。记得第一次召开团支部书记工作会，本来通知的是上午八点半开会，可是直到十点半，才稀稀拉拉地来了五六个人。我当时感觉很没面子，心里怀疑下边的团干部是不是不买自己的账。几经考虑，两天后，我便开始一个村一个企业地跑，逐一跟团干部们交流思想，有时干脆和团干部一边劳动一边谈心。在农村，团干部根本不可能专职，即使像我这样的团委书记，在党群部门一般还要兼任纪检、组织、宣传一类的工作。

通过调查得知，近几年乡团委几乎没有搞过什么活动，至多是踢过几场足球。在村团支部书记中，有一半有名无实，他们都在外边打工。好在这些打工的团支部书记打工的地点都在附近的企业，白天时间不方便，晚上还可以。我那时曾想过，既然这村里的年轻人都到外边打工去了，我们再一厢情愿地搞什么支部组织建设，这不有点得不偿失吗？带着这样的想法，我向党委书记提出，能否将 11 个村的团支部合并成一个或两个大团支部，或者叫总支，那样便于开展工作，也符合现在农村的实际情况。党委书记说，你讲得有些道理，但从培养青年干部的长远看，就有些不妥。眼下的青年人虽然大部分都在外边打工，但他们毕竟离土不离乡，我们不管谁管呢？最后党委书记对我谈了很多希望，其中重要的一条是希望能搞几件有声有色的活动，尽可能把全乡青年人的心气拢拢。如果青年人活得不像青年人，整个社会就显得很沉闷。

党委书记的话不是很多，但字字千钧。我考虑再三，决定先办个交谊舞培训班。我们这个地方虽属北京近郊区，但人的观念非常传统。在 20 世纪 80 年代末，年轻人谈恋爱大都还不敢在公开场合拉手，至于拥抱接吻的事更是连想都不敢想。我所以敢提出搞交谊舞，其出发点主观上是为了加强全乡青年人的联谊，客观上则是为了发展地方经济，给人的传统思维导入一些开放的意识。当然，改革开放是大势所趋，绝非是靠共青团搞个歌舞活动能左右的。但当时的确是出于那样一种单纯的想法。由于场地的限制，我们这个培训班每期只能教十五六对，原则上一个团支部出一对。

我必须说我不是个保守的人。但在交谊舞培训班开班后，同时参加培训的我学得一直比别人慢，等两期过后，我们的成果是可以正儿八经地开个舞会了。可我个人的收获却不是很大，勉强可以跳简单的慢三、中四。究其原因，一是我对男女零距离的接近心存障碍，二是我的身体协调能力较弱，三是对音乐的听觉不是很强。好在这事我负责，可以不单独表演。等到开舞会时，鱼目混珠地瞎摆弄一阵，别人也不大看得出。尽管如此，每次组织舞会，却经常有女孩找我跳，想必自己是团委书记的缘故。

举办交谊舞培训班是在初秋，等到深秋时我们已经有相当多的青年会跳舞了。当然，大部分人学的都是三步、四步，有个别的还学了点探戈。为此，我们定了一个制度，每周末都举办舞会。

我们举办舞会的地方，是在乡政府的会议室。这个会议室坐落在清朝时期本地一张姓官宦人家建的祠堂里。会议室约有 100 平方米，能容纳百人。在屋子中央，有四根腰口粗的红漆柱子，人们在跳舞的时候，要格外小心，稍有不慎，就会将头部碰在上边。我们这些人由于经常在这里活动，闭着眼都知道柱子在哪里，故也没发生过什么大的磕碰。

大约是在刚入冬不久的一次舞会上，我发现有一个女孩站在紧靠门口的柱子后边，总是一躲一闪地往人群里张望。起初，我一直把她看作是凑热闹的人。由于距离较远，我曾经冲着她的方向说，请不跳舞的朋友不要站到中间来。印象中在她旁边好像还有几个人。但说过几次，见他们仍无动于衷，我也就不再说了。不跳舞，在旁边看热闹，这也是做人的一种权利啊。令我不曾想到的是，在以后举行的几场舞会上，那个女孩始终站在那根柱子后边一躲一闪地张望着。这不免引起我的注意。

于是，我向旁人打听，这个女孩是谁？哪个村的？有人告诉我，女孩叫雪梅，家住黄庄。她是个苦命的孩子，5 岁时母亲离家出走，不知是先天的，还是哭坏的，眼睛现在是“玻璃花”。经人这么一说，我从心底里不免升腾起一股同情与怜悯。我又问眼下雪梅在干什么，一个团干部说，雪梅已经辍学了，跟爷爷奶奶过。她爸爸呢？我问。团干部说，雪梅的爸爸长年在外干泥瓦匠，也就是春节前后能在家待上十天半月的。那雪梅平常在家干什么呢？她呀，没什么事，也就是帮爷爷奶奶做些家务，有时也到附近的工厂去捡些破烂，挣点零花钱。

我没问雪梅有没有找到一份工作，在那个经济疲软的时期，我觉得很难。

由于对雪梅多了一分了解，从那以后我再也没有说过“请不跳舞的朋友不要站到中间来”那样的昏话。我能理解，在精神生活十分乏味的农村，尤其是对于像雪梅这样的女孩子，晚上能有个看热闹的地方是多么的令人高兴，更何况我们这儿是青年人聚会的地方。在这个荡漾着青春的地方，我们没有理由拒绝任何一个青年！

不知是感情升华的缘故，还是由于其他，在一次舞会的高潮，我突然涌出一个大胆的想法，我要邀请雪梅跳舞。我的这一行动，雪梅当然不会想到。当我主动走近她时，她竟胆怯地往后退却了几步。我做出了一个邀请她跳舞的手势，雪梅吃惊地对我结巴着说，您跳吧，我……我不会。我说，没关系，我也不会，一回生两回熟，多跳几次也就会了。但雪梅还是犹豫着。

经我的再三邀请，雪梅半推半就地随我一起跳起来。我们先是“慢三”，后来是“中四”，我也不知道是否都踩到点上，学着舞蹈老师教我们时的样子，同雪梅磕磕碰碰地舞动着。我没有想到，我的这一举动，吸引了很多人的目光，仿佛我和雪梅是今天晚上跳得最好的一对。雪梅开始还有点脸红，到后来也就自然起来。我发现她对节奏的感觉要比我好得多。

只可惜，等到下一周末我们再搞舞会时，雪梅却没有来。再以后，她仍然没有来。我向黄庄的团干部打听，团干部说雪梅被她爸爸叫去给工地做饭去了，好像一个月能挣一百多块钱呢……

第二年秋天，我参加完北京亚运会啦啦队的志愿服务后，就调离了乡政府。从此，我再也没有见过雪梅，也不曾听到关于她的什么消息。随着时间的流逝，每当想起在乡政府做团委书记的经历，我的脑海中便会情不自禁出现雪梅——那个躲在门柱后边一躲一闪往人群里张望的女孩的样子。

如今，那个“一躲一闪”的女孩出嫁了。当我听到这个消息后，心情很复杂，我不知这将意味着什么，但愿这是雪梅幸福人生的开始。如此说来，迟到的人生也是大有嚼头的。

给付凤珍们一席之地

3月18日，小说选刊杂志社在北京现代文学馆举行了第二届“茅台杯”年度大奖颁奖典礼。按惯常思维，这次奖项一定又是给几个活跃的名作家，由中国作协和赞助单位领导上台颁奖，然后由获奖者代表说几句获奖感言，接着与会的嘉宾一起推杯换盏热烈一番。然而，当主持人宣布获奖名单时，没想到，在六位分别获得优秀中短篇小说的作家中，除了尤凤伟、莫怀戚稍有些名气，其他四位——裴指海、界愚、肖勤、卫鸦的名字我几乎是第一次知道。就是说，这次大奖明显向草根作家作品倾斜了。据《小说选刊》主编杜卫东说，该刊从2006年改版以来，一直在致力于推动“底层文学”的纵深发展，从而使刊物在业界影响日益扩大。本次获奖的六篇小说，既有书写幽微深邃的历史题材，也有书写宽广丰富的现实题材，大都体现了情感的丰富、思想的张力、人性的细腻和对艺术的孜孜不倦的追索精神。这些作品的脱颖而出，一点也不比名家大腕的作品逊色。

由此，我想到最近参加的几次活动。

一次是2月20日，我到河北省三河市参加了著名作家浩然同志逝世三周年座谈会。三河是浩然晚年长期生活和开展文艺绿化工程的地方，自1990年他主动离开京城到三河市段甲岭镇挂职后，他一直热心于对业余作者的培养。浩然在三河期间，发现扶持了一百多位文学爱好者，创办了《苍生文学》杂志，出了好几套“泥土文学”丛书，其影响力遍及全国。出席座谈会的几乎没有名家，基本是来自河北、北京郊区的业余作者。大家回忆起被浩然老师关心扶持的往事，历历在目，有的人在发言中多次哽咽失声。《北京文学》副社长吴双明说，他在北京文联工作多年，浩然当作协主席时他还是机关的司机。他清楚地记得，当时有很多作家经常跟机关要车，往往去的地方是高档饭店，而浩然要车常常去郊区看望业余作者，与业余作者谈心唠嗑。自从浩然之后，这样跟业余作者打成一片的作家已经很难找到了。

另一次是 2 月 28 日到 3 月 2 日，我分别到天津津南区文化馆和汉沽区文化馆与业余作者见面，交流文学创作心得以及如何给《中国文化报》副刊写稿。这两个区不是城中区，都属郊区，但文学创作队伍却很庞大，出席座谈会的足有上百人。年龄最长者近八十岁，年轻的也就十七八岁，其中还有十几个在校的高中生。这样的情景在 20 世纪 80 年代中期非常普遍，自 90 年代就开始逐渐式微了。近几年随着国家对文化工作的重视，有更多的人又重新回到业余文学创作的队伍，其形势越来越火热。在这两个文化馆，有两个非常热心的文学辅导老师，一个是汉沽区文化馆《蓟运河》杂志的主编付凤珍，另一个是津南区文化馆《海河柳》杂志的主编刘炳山。他们二人对业余文学创作非常热心，倾注了大量的精力和时间，出刊物，编稿件，搞讲座，去家访，办笔会，每天都工作十个小时以上。而他们自己，却很少写作品，许多作者感慨地说，付老师、刘老师的作品就是我们这批业余作者，看着我们发表作品，比他们自己发表还高兴呢！

再一次是 3 月 12 日，我到北京顺义区参加京东地区小说座谈会。会议的主办方是天天文学杂志社。这个杂志是由一个叫张爽的业余作者自费创办的民刊，创刊三年多来，以特有的文学品质在全国产生了广泛影响。参加会议的除来自京城的几名报刊编辑，其他二十人都是土生土长的京郊业余作者。其中，顺义区老作家王克臣已经七十多岁，在望泉寺村党支部和村委会的支持下，在全国办起了第一个村级文学社，并出版了《绿港文学》双月刊，每期大量发表农村作者的作品。座谈中，业余作者普遍反映最苦恼的问题是发表阵地少，全国许多刊物都以发表名家作品为主，很难给业余作者，尤其是农民作者一席之地。有的大刊物发表的名家作品他们看不懂，而他们的作品老百姓喜欢，但老百姓在正式刊物上又见不到。一位作者曾经为此致函某位著名作家担任主编的刊物，这位作家答复说，这个刊物就发名家作品，没有培养业余作者的义务。消息传开，很多业余作者表示非常震惊和愤慨，因为在多年前这个著名作家同样是业余作者啊！正因为如此，京郊的业余作者在聚会时非常怀念浩然、刘绍棠活着的时代。

面对着一次次这样的会议，面对着一双双渴望的眼睛，我每一次都被感染着。记得在 1983 年，在我还是一名中学生时，陈祖芬就曾在《人民日报》上为业余作者呼吁过——“给老戴们一席之地！”她所说的老戴们，就像如今的付凤珍、刘炳山、王克臣、张爽们。由此，我还想到今年的春节晚会，“西单女孩”的出现，不正是对草根艺术的一次美好展示吗？还有，央视的《星光大道》

之所以得到老百姓的热烈欢迎，不也正是定位在“百姓舞台”的结果吗？所以，在此我要向全国的文艺报刊同人们再次呼吁：给付凤珍们一席之地！要相信，民间有好文！

凭窗远望忆红莓

春节期间，来自北京郊区的几个朋友给我送来几箱草莓，说尝个鲜儿。还有的朋友说，如果假期方便，可以携妻带女亲自到大棚里采摘。我十分感谢朋友们的盛情。我知道，现如今在郊区的许多农家，都扣有大小不等的温室大棚，有的种植芹菜、韭菜、西红柿、黄瓜等蔬菜，也有的种植蟠桃、草莓等水果。就我个人的感受，我最喜欢看草莓成熟的景象。

我对草莓的最早认识是在20世纪80年代初。印象中是在四五月间，一天在农场果园工作的母亲回到家，很神秘地从兜里给我们掏出十几个红彤彤的心字形的果子，上面还有许多斑斑的白点。我们问这是什么呀，母亲没有急于回答我们，先把这些红色的果子放在桌子上，然后拿起一个放在我的嘴里，说，你尝尝好吃不。我一下子把果子的一半含进嘴里，一咬，便有一股甜滋滋的果汁涌出来，再一嚼，还有嘎吱嘎吱的轻微的声响，那是那些斑斑的白点挤压时所特有的感觉。这时，母亲才告诉我和妹妹，这种好吃的果子叫草莓。我问母亲，以前在果园里玩时怎么没有见到呢？母亲说，野生的倒是有过，只是现在果园的管理很严，在果树四周把野草野树都割掉了，过去你们不是还经常能吃到野生的桑葚吗？我说，你们的领导为什么要制定这样的制度呢？母亲说，领导怎么定就怎么执行，我一个工人管不了那么多。

母亲给我们带回来的草莓，不是野生的，是单位试种的，也就两三亩地，结的果实不是很多。其中，两三箱送到农场领导那里，一箱送到科技站，还有两箱被果园领导分走。母亲兜里的十几个大小不一的草莓，是她利用上班的间隙，从一棵棵被采摘过几遍的草莓枝子上寻找到的。或许是因为对草莓的红色记忆太深刻了，在相当长的一段时间，我和妹妹都管草莓叫作红莓。

草莓属蔷薇科，药用价值很高，可以止咳、通便，还可以治疗糖尿病、头痛等。我第一次采摘草莓是在八年前的春节，那时我住在北京通州。通州是著名作家刘绍棠先生的家乡，我和当地的许多业余作者都得到过刘先生的关爱与扶持。因此，我们的交往也就很默契。其中，有个叫老孟的诗人跟我是忘年交。那一年的春节，他邀请我们一家到他采访过的一个村庄摘草莓。当时刚过四岁的女儿，第一次走进塑料温室大棚，第一次看到结满红色草莓的植物，瞬间就变得兴高采烈起来。女儿拿着食品袋，在草莓树丛中穿梭。由于女儿穿的是红色羽绒服，我当时只觉得她就是一枚会奔跑的草莓了。我从心里感激老孟给我们安排了这个新春之行。

然而，就在这年的五月，老孟因为心脏病突发，竟永远地离开了我们。当我把这个消息告诉妻子和女儿时，女儿不由得伤心地哭了起来。不谙世事的孩子，在哭诉中居然说出了“今年春节孟大大还带我们摘草莓吗”那样的充满孩子气的话。说来很多人难以置信，在我做报纸副刊编辑的十几年当中，老孟竟没向我投一次稿，而我也没主动向他约。但他在很多的场合，一直把我推在前边，推到高处，让我很温暖。其实，老孟的诗写得很好，他在 20 世纪 80 年代就在《北京文学》《人民日报》上发表过作品。

老孟的离去让我非常珍惜朋友的友谊。我生在北京郊区，熟悉北京郊区的一草一木。每有郊区的作者向我投稿，我都会格外关注。我不怕别人说我的农村情结重，我也不怕别人说我浑身散发着泥土气。郊区的文友们也总是关心我，每次进城，他们都要带来当地的土特产。不过，我要说的是，这土特产一点都不土，甚至是很洋气。譬如昌平特产的草莓，颜色红润，亮丽，口感清脆，甘甜适度，我没有问这种草莓是外国品种，还是自己培育的，但有一点毋庸置疑，它们一定是产自昌平这块土地上的。当然，昌平以及其他的郊区县，也不光产红色的草莓，还产红色的富士苹果，红色的葡萄、提子，红色的红薯……而最让我精神振奋的是，每到七一、十一、春节等重大节日，村村唱红歌，家家插红旗，那真是一片红色的海洋啊！

不知怎的，越是到幸福的时刻，我的脑海里越会出现当年第一次吃红莓的情形。此刻站在窗前，凭窗远望，我的思绪感慨万千。这既是在贫穷的岁月中对母亲的感念，也是对今天幸福的时代更加满怀希望。

第四辑 / 老街旧坊

老 神 仙

老神仙住在村子西头。甭看她八十多岁的人，可歪嘴吹灯还真有股子邪劲儿。小孩子受了惊吓，大医院的大夫玩不转，可只要往老神仙的屋里一推，她三把两把一侍弄就能让孩子定住心神，然后欢蹦乱跳地跑回家去。

老神仙懂风水，会治邪病，远近闻名。不管你是男是女，是官是民，是横是熊，只要见到老神仙你就得毕恭毕敬的。即便是二狗那样的吃货，若是遇到老神仙，也是规矩得很。老神仙就曾经说过二狗，说他在阴间是个不守规矩的狐狸精。为这二狗吓得三天没敢出家门，他媳妇还以为他晚上睡觉招了阴风呢。

村里有个外来户，在街门右侧盖了个茅房。就在茅房刚使用的第二天，那家老太太突然感觉腿疼，继而水肿，趴在炕上哼哼唧唧，多日下不了地。村里有个握有祖传秘方的老中医，给老太太扎了三天针，服了秘方药，还是不见好。只好说，请老神仙吧。老神仙也不拒绝，进门一不喝茶，二不上炕，只在院子里转了一圈，然后走到门外对老太太的儿子说，门楼是什么，是你们家的门脸儿，可你们在门楼右侧盖茅房，这不是给自己大嘴巴吗？没个不腿疼！听我的话，赶紧把茅房拆了，别干什么一点儿眼色都没有！果然，茅房拆了第二天，老太太的腿就消了肿。她一个劲儿冲村西头作揖。

老神仙给人治病从来不要钱，也不吃人家的饭，更不要人家送东西。村里人看得见，她家每天都有小轿车来。当然，大多数来的还是十里八村的乡亲。到老神仙家里的人，进门要做的事一般是跪地下磕响头，嘴里念叨求老神仙帮忙一类的话。你要是提溜东西来，她准会说，你这病我可看不了，您还是另请高明吧。

懂点门道的人说，老神仙的本事是家传，其规矩是只传女人不传男人。听老神仙说，她是从她姥姥那里学会的，究竟怎么学的，学了什么，她至死都不说。她说如果说了，就泄露了天机，泄露了天机，就什么病也看不成了。

老神仙很神，但也并非什么病都手到病除，妙手回春，起死回生。老神仙就坐了一次蜡。某日，有个小伙子捂着肚子找到老神仙，说疼得厉害，让老神仙给收收。老神仙抬头丢了一眼，认为是小毛病，嘴里念叨几句，然后说：老实点，我给你侍弄侍弄。只见她把屋里人都支出去，然后从针盒里取出一根银针，在唾沫上蘸了一下，脱去小伙子的内裤，一把揪住不软不硬的生殖器，随即将银针扎了进去。约莫过了一刻钟，老神仙将银针取出，说，行了。然而，当小伙子站起身来，仍感到肚子剧痛，可又不敢说老神仙的道行不管事，只好跑回家让老子蹬上三轮车奔向医院。五天后，小伙子爷儿俩从医院回来，路上正巧碰到老神仙。老神仙问：“大夫说什么病？”“阑尾穿孔，再晚去一天孩子就完了。”父亲有些埋怨地答着。“唉，我还以为是疝气呢。”老神仙脸一红，步履踉跄地向村外走去。

老神仙去世那年，九十九岁，前去送行的人很多，长龙一样。

侉 李

村里人对外地人有个习惯的叫法：侉子。譬如张家娶个外地媳妇，就叫她张侉子。同样，对招来的姑爷也是这样，只不过把侉字放在前边，如叫侉冯侉孙什么的。

侉李是王大伦家的姑爷。王大伦有两个闺女，大闺女有点缺心眼儿，嫁到十里外的杨各庄，不常回来。二闺女人不傻，长得还算俊俏，王大伦就盘算着给留在身边，将来自己年岁大了，也好有个指望。那个年代，最吃香的男人是机关干部和复员军人。

侉李既不是机关干部也不是复员军人，可他却成了王大伦的养老女婿。那年，侉李随铁路建设来到北京郊区，在村上附近的双桥火车站做工。侉李是山东人，大个子，魁梧得很。那时，王大伦在村上当生产队副队长，主抓工副业。一天，侉李找到村上，说他的老乡从德州来，要开个扒鸡厂。王大伦说，好啊，德州扒鸡有名，不过要办厂得安排几个村里的劳动力。侉李说，这不成问题，关键是房租不能太高。

王大伦回家把办扒鸡厂的事跟媳妇和二闺女胖丫说了，媳妇倒没说什么，胖丫说，她不想在村里的缝纫小组干了，她想到外边闯闯。王大伦说，一个女孩子，学点裁缝手艺多好，何必去闻那鸡肠子味儿？胖丫说，她喜欢吃扒鸡，闻着那香味儿就馋。胖丫妈听罢眼圈发红，说孩子说得多可怜，这是家里日子过得太紧巴，给孩子吃的油水少。王大伦说，那你就去吧。

胖丫虽是王大伦的女儿，可她并不想干轻松的活儿，她从宰杀、拔鸡毛开始干，不到两个月的工夫，就把全部流水线都学会了。不过，有一点她不明白，煮鸡的汤为什么那么香？她想搞明白里边都放了什么作料。她问厂里的师傅，师傅不肯告诉她。她又问侉李，侉李说这是手艺人的命根子，不能随便告诉外人。胖丫说，我是外人吗？侉李说，你当然不完全算外人。胖丫说，那怎样才能成为你们的人呢？侉李说，除非是父子，要么是两口子。这下胖丫为难了。

胖丫回家问老爸，侉李说那话什么意思？老爸笑了，说侉李看上你了。胖丫说，何以见得呢？老爸说，闺女你真傻，侉李要是把你娶了，既是你男人，也是我的半拉儿。胖丫脸红了，说侉李好坏。老爸问，你喜欢侉李吗？胖丫说，他就是说话侉了吧唧，不过听惯了也能懂。老爸明白了闺女的意思，决定找侉李谈谈。

侉李当然乐意成为王大伦的女婿。他对王大伦保证，他一辈子要对胖丫好，并且负责他二老的养老送终。王大伦说，既然你和二丫都对上眼了，下月就把婚事办了。房子呢，家里也不缺，先一起住。等转过年来就给你们盖新的，从里到外都是红砖的。

侉李在北京有家了，虽然在郊区，但离天安门也就三十多里地，在双桥火车站坐火车到北京站也就十五分钟。侉李很高兴，白天在火车站上班，下班到扒鸡厂帮忙，晚上和胖丫在床上闹，日子过得倒也红火。

20 世纪 90 年代初，全国兴起一阵下海风。侉李觉得在火车站干得没劲，就弄了个停薪留职，他一方面负责扒鸡厂的销售，一方面到处替别人跑信息，拉关系，从中拿点好处费。此时的王大伦已经不再担任生产队副队长了，带着几个泥瓦匠到附近村里搞土建。胖丫呢，自从跟侉李结婚后，很快就掌握了那肉汤里的秘密。一年后，企业的法人就换成了胖丫。当然了，成天做扒鸡、吃扒鸡，胖丫变得越发地发福了。

侉李和胖丫发迹了。村里人很羡慕，也有人妒忌。于是，有人开始传话，说侉李在外边有女人，是歌厅小姐。胖丫听到了，说净瞎扯，侉李那侉腔儿能唱歌吗？传话的人说，跟小姐那个不用唱歌，有钱就行。胖丫就开始琢磨，这女人咋就不要脸呢？男人给钱就让上，这跟配猪有什么区别呢？晚上，她扯住侉李的耳朵问，你跟歌厅小姐唱过歌没？侉李叫道，我哪里会唱歌，连话都说不直。胖丫又问，你给过小姐钱没？侉李答，我傻呀，有钱不给自己的媳妇花，给不认识的女人，想什么呢？胖丫说，侉李你给我听清楚，你要是敢在外边搞女人，我就把你当成扒鸡扒了。

想想一只带毛的欢蹦乱跳的肉鸡，转瞬之间变成一只油晃晃的扒鸡的样子，侉李确实感到有点不寒而栗。好在侉李的心思真的不在女人那边，要不，她真有可能被胖丫给扒了。

七八年后，北京郊区的肉食厂越来越多了，胖丫的扒鸡厂做不下去了。她想转行，不料却得了一场病，乳腺癌，乳腺被切除了。医生说，这病也许能活上十年八年的，那要看人的造化了。侉李很着急，天南地北地寻医问药，把个胖丫吃得神经紊乱。后来，王大伦急了，说侉李你得了魔怔了，你不能把胖丫当成实验的罐子。侉李说，我这不怕胖丫有个好歹吗？我这是着急啊！

停药几个月后，胖丫没什么变化，但不曾想到的是，侉李却又得了脑溢血，落了个半身不遂，走路一晃一晃的。村里人说，这两口子前些年鸡杀多了，钱挣疯了，是报应。王大伦听后骂道：都他妈疯了，洪洞县里没一个好人。

大奔头

大奔头是王木匠家老三。他脑瓜的前额比一般人要突出，村里人就给他起个外号叫大奔头。大奔头小时候有抽羊角风的毛病，不论是家里人还是村里人，在和他说话办事时都处处加着小心，生怕把他惹了犯了老毛病。

挣工分的年代，大奔头在村里没什么专长，队长就让他干零活儿，到年底评工分等级的时候，毫无争议地定二级，跟最强的妇女一样高。后来，土地分到各家了，大奔头就跟着父母过。对于大奔头干多干少，家里人也不指望。

某一天，大奔头对父母说，他想学修理电器。父亲说，你连初中都没上完，你懂啥叫电器。大奔头说，这不难，找个师傅学学不就行了。母亲说，老三，咱不学那玩意儿，电那东西，不是好玩的，弄不好会出人命。大奔头说，我就去，你们没看见村里人买电视买冰箱的越来越多吗？父母听了这话，眼睛直直地看着儿子，这孩子还蛮有经济头脑呢。

大奔头的电器修理部就在村东头，挨着马路，过往的人很多。几年下来，他的手艺长进了不少，许多年轻的后生没事就爱到那修理部扎堆抽烟谈女人。村里的女孩有看上大奔头的，可一到谈婚论嫁时就打退堂鼓。谁都担心生了孩子有遗传抽羊角风的毛病。

本村的人不敢嫁大奔头，大奔头就托人从三河说来一姑娘。结婚那天，按三河的规矩，姑娘必须在天亮前娶到家门。为这，大奔头犯愁好几天。他长这么大，所以再没有犯过羊角风，是他一直在服一种抑制药。那药片不大，每天晚上睡觉前必须服一片。吃完后，即使外边打雷他也听不见。1976 年唐山地震那年，凌晨三点多钟，突然一阵玻璃破碎的声音把王木匠的老婆子惊醒了。她大喊，有贼啦！王木匠顾不得穿衣服，一骨碌爬起来问，贼在哪儿贼在哪儿？说这话时，房子一阵晃动，玻璃破碎的声音更响。王木匠大喊，地震啦，快往外跑！喊着，他顺势低头在黑暗中揪昏睡的大奔头。大奔头睡得太踏实了，他才不管什么地震呢，等他被王木匠夹着从屋里扔到院子中央时，他还在呼呼地大睡。看着闷睡的儿子，大奔头的母亲搂着孩子笑了，说世界上的人要都像他这样就好了，再也不担惊受怕过日子了。

结婚这天，从双桥到三河汽车开得再快也得两个多小时。为了保险，子夜一点钟娶亲的队伍就浩浩荡荡去了三河。半夜时，母亲曾经问大奔头，你不吃药行不行？大奔头说，我都吃了十几年了，不在这一顿半顿的。哪想，三河这地方的人不开眼，村里人听说男方是北京郊区的，上百口子人半夜不睡觉，在村口、路口、家门口处处设障碍，不给红包不撒喜糖休想通过。结果，回来的半路上大奔头就犯了羊角风，吓得新媳妇当场休克。要不是中间人能说会道，这档子婚事差点就黄了。

婚后大奔头的日子过得倒也自然，先是有了一个闺女，两年后又添了一个儿子，一直到初中毕业也没得过什么羊角风。自从大奔头结婚那天得过羊角风后，随后的日子他继续每天吃药。他媳妇知道男人有这个病根儿，轻易也不招他生气。

王木匠是在三年前去世的。去世前，他对老婆说，老大老二人老实，活得本分。家里将来如果遇到什么难事，最好让老三出马，别看他奔头大，但有力度，没人敢欺负。老婆听了有点不明白，说，你咋想的，老三有病根儿，真担心他某一天犯了毛病，我可管不了。王木匠笑了，说，老三不轻易犯病，犯病了咱家的好日子就来了。说罢，王木匠就安然长眠了。可是，老婆子不明白，老头子为什么会说这样的话呢？

转过年来，村里响应市政府号召，积极推行农村城镇化，把全乡二十几个村全部腾退搬进居民社区。按规定，每个人五十平方米，多要按市场价交钱。村里人开始不愿意拆迁，可真的有十几户搬入楼房后，剩下的二百多户就撑不住了。按照抓号排队的顺序，大奔头一家是一百号以后，可是房源不足，前面的把好楼层都选走了，这下可愁坏了大奔头的母亲。老太太找老大老二，他们都说没办法。这时，她才想起老伴王木匠临终前说过的话。

大奔头听完母亲的意思，他拿起一瓶白酒咕咚咚喝了半瓶，然后开着自己的三轮摩的就冲向乡政府拆迁办。拆迁办的人不是本地人，不知道大奔头是何许人也，开始还打着官腔说话，等说到十分钟时就发现有点不对头，只见这位爷口眼有些歪斜，四肢由弱到强不断抽搐，等主管乡长走进办公室时，大奔头已经开始抽羊角风了。这下热闹了，人们一传十，十传百，不到五分钟，拆迁办门口就聚集了上百人，有好多人说拆迁办欺负村民要出人命了。不知道哪位多事，还把大奔头的母亲也给唤来了。奔头妈本来就惦念这事，一见儿子在地上吐白沫子，老人家咯喽一声晕倒在地上，弄得人群一片大乱。这下乡长和拆迁办的人都给吓晕了，赶忙打电话叫急救车。更有好事者不断地给区长热线、市长热线、电台热线、电视台热线拨电话，还有的把大奔头和他母亲晕倒的照片直接发到网络上，一时间，整个小区沸腾了。

一星期后，大奔头出院了。乡长带着拆迁办的人亲自到家探望并诚恳地道歉，承诺他们家的房子楼层可以随便挑，并且在老房评估折旧方面给予适当放宽。大奔头觉得条件不够，又提出多要五十平方米面积。拆迁办的领导认为大奔头一家提的条件比他们想象的要好得多，就同意了他们的请求。两个月后，大奔头一家老少十五口全部搬进新居，其中还包括大奔头的小姨子一家两口。村里人虽然看着眼气，也没办法，谁让你不抽羊角风呢。

马同学

发小加同学，是非常铁的一种关系。马同学，不，马卫东同学这几天一直犯嘀咕。一周前，老班长托人给他捎话，说今年元旦要举行小学同学聚会。马卫东想，这一个班的同学只有我上了半年就不上了，你们现在有出息了，想起聚会了，我去了，是给人家找乐还是添堵呢。他把想法跟媳妇说了，媳妇说你甭想那么多，让你吃你就吃，让你喝你就喝，反正离家也不远。

马卫东上学那一年是 1975 年 2 月，那一年天气特别冷。他穿着他妈给他新缝的黑棉袄，里边没有背心，风穿过去冰飕飕的。不知道是家里吃得不好，还是老子的遗传基因，马卫东的个头只有一米一，排在了第一排。上课时，马卫东常被老师叫起来回答问题，譬如念拼音，背《毛主席语录》什么的，十有八九都回答不上来。老师有次急了，说，马卫东你怎么回事，你这么不好好学习，亏你父母给你起了这么响亮的名字。马卫东听后，一改往日的沉默，说，老师你错了，这名字不是我爸我妈起的，是大队书记给起的。

对于马卫东的反应迟钝，老师也没办法。他找马卫东的父母谈了两次，发现这是一对文盲。譬如老师问，你们每天看着马卫东写作业吗？卫东爹说，看啊，孩子写得可认真呢！有时半夜还趴在本子上睡觉，哈喇子流在本本上都不知道。卫东妈说，还不只这些，孩子睡觉时还喊妈我尿尿呢。

半个学期很快就过去了。放完暑假，再开学的时候，老师发现马卫东不来了。老师问班长马卫东为什么没来，班长说马卫东他妈在起猪粪时流产了。老师没明白什么意思，便问，是马卫东他妈流产了，还是猪流产了？班长说，是马卫东他妈流产了，这已经是第三个了。老师说，马卫东他妈流产关马卫东上学什么事？班长说，马卫东他爸爸每天要赶着马车到城里去拉垃圾，他下边还有弟弟妹妹没人管，他只能休学帮着他妈做饭洗衣。马卫东还说，他对上学没兴趣，他喜欢跟他爸赶着马车到城里玩儿。

本来马卫东学习就不好，不来就不来，老师也不强求。偶尔老师会无意识地问同学一句，那个马什么同学怎样了？于是有同学说，他还那样，帮他妈在家做饭。时间长了，同学们也不再称呼马卫东，而是像老师那样只叫他马同学了。开始，马卫东在路上碰上同学叫他马同学，他还丈二和尚摸不着头脑，渐渐叫习惯了，他也就默认了。

同学聚会是在一个晚上，离村子不远的一个金苹果酒店里。马卫东来得比较晚，他知道自己几两几斤，专找不显眼的地方坐下。他旁边坐着一个叫大刚的同学，说是同学，人家其实是二年级才蹲到这个班里的，那时马卫东已经不念书了。可大刚一直认为马卫东就是他的同学，平常日子里他们总喜欢凑在一起喝几杯。

人都凑齐了。老班长示意大家安静，然后说了几句客套话，最后说要隆重请出同在村上住的班主任江老师。江老师当年是贫下中农代课老师，等这批学生上五年级时因为没有转正的机会就回村里当农民了。大刚过去一直把江老师叫老师，自从一起在农贸市场卖鱼后就改口叫老江了。也有的同学按村上的辈分叫江老师大叔大哥的。见到三十几个学生一齐站起来鼓掌欢迎，江老师很是激动，他说他活了快七十岁了，还是第一次受到别人如此的敬重，他今天说什么也要多喝几杯。大刚说，你喝多了，明天还卖鱼不？江老师骂道，小王八蛋，上学时你就捣乱，喝，大家一起喝，管他明天干什么。同学们举起杯，彼此碰过，一起喊道：喝，喝，一起喝，管他明天干什么！

喝过酒，老班长从口袋里拿出四十条红领巾和四十本田格本，说，四十年前，我们一起前后加入了少先队，为了寻找学生时代的记忆，今天我要给大家重新系上红领巾，每个同学系上红领巾后，要工整地在田格本上写上自己的班级、姓名和电话号码。这时，有男同学喊道，我们让女班长系红领巾！老班长说，好好，现在首先请班主任江老师为我们两个班长系红领巾。江老师红着脸站起来，此时的他非常激动，看着这两个班长，仿佛看到一对即将成婚的小夫妻，长大了，成熟了，他们都有自己的事业了。当两个班长戴上红领巾后，他们一起向江老师打了个队礼，这一扬手，一下竟然四十年了。时间过得真快啊！人们都被感染了。大刚扯着嗓子喊道：男女班长拥抱一下，热烈点！老班长看了看女班长，笑着说，咋能不拥抱，都等了四十年了，早就等着这一天了。说着，他张开双臂紧紧地把女班长抱在怀里。

看着这一切，马卫东也十分激动。他虽然理解不了同学的情谊究竟有多重，可这些人都是自己的发小啊！当女班长要给他戴红领巾时，他犹豫了，他不敢向前。女班长亲切地叫他，卫东你过来啊。马卫东结巴地说："我……我……"旁边的大刚抢过话说："马卫东你我我什么呀，你和我一样，压根就没有加入过少先队！"同学们一听，噗的一声全都笑了，有的居然把眼泪都笑出来了。这一下，马卫东感到十分脸红，他甚至有点后悔参加这个同学会。好在女班长很快解了围，她对大刚说，哪儿都有你，我现在决定，今天就给马卫东戴了，你呀，永远地等外——靠边站吧。女班长给马卫东戴红领巾的刹那，他感到一股说不清的暖流涌上心头，这是什么呢？是被尊重，还是没有被忘记？

大刚毕竟是大刚，他刚被女班长训斥了几句，仍不失他的调皮，他顺手把田格本放在马卫东面前，说，别忘了，赶紧写。马卫东看着田格本又犹豫了，他迟迟不肯动笔。老班长说，马卫东别着急，慢慢写，咱们先喝酒。本来老班长的意思是，没有写的过会儿再写。可大刚却话多，他大着嗓门说，写到明天马卫东也写不出来，这田格本呀认识他，他可不认识田格本，他根本就不认识几个字！大刚的话再度让大家美美地笑了一通。见马卫东有点难为情，大刚似乎也觉得今天说话有点过分了，就找补道："你们也别笑话咱们马同学，我问问你们，你们都娶过几个媳妇，嫁过几回人？实话告诉你们，马同学娶过仨媳妇，孩子就四个，这次村上拆迁，他家弄了六套房，你们谁成？"大刚的这番话让大家又开心了一次，同学们都说马同学了不起。有几个人还主动过来跟马同学碰杯。

这一晚的同学聚会喝了很长时间，大家都喝高了。马卫东马同学也喝高了。他模糊地记得，喝完酒他们还在二楼的歌厅唱了歌，有好几个女同学还搂着他跳了舞。他觉得，即使娶过仨媳妇，也没有这晚让他幸福。

金利莱小姐

农村人称呼女孩向来是不叫小姐的，一般叫闺女、丫头，或者直接叫姑娘。可金家二姑娘金秀菇却在三里五村赢来“金利莱小姐”的雅号。

金秀菇家是满族，祖上很富有，但到了大清皇帝退位，他们的好日子也就到了尽头。秀菇的爷爷从小在京城里混，等到家里彻底败落了，他也还瘦驴拉硬屎，死撑着那股子贵族气。他是不主张种地的，他甚至认为种地是下等人干的事。他也不主张秀菇种地，他觉得女人就得是花瓶，要吃好穿好。

秀菇从小就比一般孩子吃得好穿得好，他爷爷怎么有钱，村里人至今无人知晓。人们也猜测，他们家底厚，也说不定先人曾经攒下不少积蓄，私下里放在什么隐秘之处。不然，三年困难时期他们家不会经常有肉吃，孩子从不穿补丁衣服。

20 世纪 80 年代初，秀菇上初二的时候，她爷爷一天起来打个喷嚏，回到床上睡下就再也没起来。秀菇放学回来，家里已经围了好多人，院里搭起了白幔帐篷，秀菇爸爸拉着秀菇跪在爷爷的棺材前磕了四个响头说，闺女，爷爷走了，以后再想爷爷就到坟前给爷爷烧纸去吧。少年的秀菇当然对于死还没有真正的理解，而且她不相信那个在棺材里睡觉的人就是她的爷爷，那个从小疼她养她惯她的爷爷。

爷爷走后，秀菇在感到寂寞的同时，也感到贫穷在渐渐地向她袭来。她不理解，为什么爷爷活着的时候，家里的日子是那样好过？她问父亲，父亲说你爷爷本事大，他在城里认识许多有钱人，只要他到城里转两趟，准能带些钱回来。秀菇问，那你怎么不认识那些有钱人？父亲说，每个人都有自己的造化，你爷爷的造化，是他年轻时修来的。我没你爷爷的本事，只能做点小买卖，凑合挣点小钱过日子。

秀菇在班上学习成绩很好，再加上从小家境富裕吃穿不愁，等到上初三的时候，她在学校里已经出落成小美人，同学们私下里都亲切地叫她“真优美”。秀菇对这个日本电影里女主角的名字并不反感，她有时觉得自己就是真优美。可谁是男主角杜丘呢？

班上的男同学，学校里的男生秀菇想了一个遍，也找不到她心中的杜丘。相反，她看每个男同学都像横路敬二。要说学校里真的有点像杜丘的，恐怕就得说是化学老师杨威。杨老师师范大学毕业，一米八几的大个，头发是自来卷，浓眉大眼，最大的优点是能在黑板上写一手漂亮的行书。秀菇本来学习就好，还是学习委员，长得又好看，杨威老师当然会格外注意她。

秀菇喜欢上了杨威老师。上课时，她看着杨老师的眼神儿有些发呆。杨老师几次提醒她要注意听讲，可她还是想怎样跟杨老师的关系能更亲近一些。交作业时，她想给杨老师写一封信，告诉他自己是多么喜爱他，不，是多么的热爱他。然而，杨老师并不知道这个班花校花的心事。

秀菇的成绩逐渐下来了，几乎到了不及格的边缘。班主任找秀菇问怎么回事，秀菇只是说她经常心慌头晕，尤其到来例假的前后。班主任是女老师，她当然理解女孩的心事。她问秀菇是不是想谈恋爱。秀菇说，才不想呢。老师说，没说心里话。秀菇就想，老师真神了，她怎么知道我的心事呢？老师见秀菇不说话，就说，我也从女孩过来过，到这个年龄发育开始成熟，女人怀春是常有的事。秀菇见老师这么直接，就不再害羞，说我一想到男女在一起，就心里发慌，可不想又不行。老师笑了，你看上谁了？秀菇脸唰地红了，不过她还是狠咬槽牙终于没有说出杨老师的名字。

快中考了，学校按例要对每个学生进行体检。秀菇体检那天告诉老师她生病了。老师说，这可不行，如果没有体检合格表，学生是不能参加中考的。老师到村里找到秀菇家，秀菇父母很诧异，说，老师怎么突然想起家访来了呢？难道秀菇在学校有什么事了？老师问，秀菇今天干什么去了？秀菇妈说，没有啊。老师想，秀菇没吃早饭，说明她还是想体检的。可她为什么又突然不去了呢？

秀菇是傍晚才回到家的。刚进门，父亲就冲她吼了一句，又死哪儿去了！秀菇什么也没说，径自走进自己的房间。秀菇妈赶紧追进屋，说，你今天干什么去了？老师都来家里询问了。秀菇仍然不说话，她两眼直勾勾地看着头顶上的灯泡，仿佛那灯泡里装着她所有的秘密。秀菇妈说，死丫头你倒给我个话儿啊，老师在家还等着信儿呢。秀菇说，您别问了，明天我去跟老师说。

第二天，秀菇很早就来到学校，她直接走到班主任办公室。班主任问秀菇，昨天你究竟为什么不参加体检？秀菇说，我不想上高中了。老师说，你不想上高中也得体检，体检不合格不能颁发初中毕业证。秀菇说，那就不要了。见秀菇如此地决绝，班主任老师感到很震惊，说你过去曾经是咱们年级数得上的好学生，这一学期下来你怎么变成这个样子，你给我说说到底是咋回事。唉，前一阶段我问过你，问你有没有喜欢的男生，你没有回答我。现在我问你，你到底有没有？秀菇似乎做了一切准备，她大声地说：有，而且不止一个！老师叫道，你告诉我都是谁。秀菇说，有歌星，有影星，还有学校里的同学，包括一两个老师。秀菇的话让老师感到很惊奇，她带有嘲笑般地说，嚯，这么多，告诉我你怎么个喜欢法？秀菇说，就是跟他们拥抱、接吻，还睡在一张床上！老师听后，又气又恨，说金秀菇啊金秀菇，一天到晚你都想的是什么，你太让我失望了！你知道不知道，当初我们所有老师都希望你能考上市重点高中，给学校争得荣誉，可你倒好，整天想那些没用的东西。别的都不说了，你实话告诉我，昨天你为什么没体检？秀菇把头低了下去，流着眼泪说，我怕……怕怀孕！秀菇的话着实让老师吃了一惊，她愣怔了一下，马上缓和了口气说，别怕，你告诉我，你究竟跟男人之间发生过什么没有？秀菇说，我梦见跟化学杨老师拥抱过。“还有呢？”班主任老师很想知道具体发生了什么。秀菇说，有一次她到杨老师那里交作业，见没有别的老师在，她就大胆地拥抱了杨老师。“那杨老师都对你做什么了？”班主任老师迫不及待地想知道结果。“杨老师什么也没做，他就是冲我笑笑，亲了亲我的额头，说了声谢谢。”“就这么简单？”班主任老师觉得有点不可思议。

见问不出什么新鲜内容，班主任老师告诉秀菇，男女拥抱一下是不会怀孕的。她应该端正好学习态度，全力拼搏最后这一个多月，说不定会取得意想不到的成绩。秀菇听了班主任老师的话，她一个月后竟然考上了一所市属中专学校。

到了城里上学，接触了很多城市的学生后，秀菇才知道男女之间有许多的秘密她一直不懂。她曾听一个女生说，男人的特点就是喜新厌旧。你要想征服一个男人，就得让他永远得不到你。如果你过早地把自己献给了男人，男人就从此不再珍惜你了。

秀菇学的是商贸管理专业，三年后就被安排到中友大厦实习。那时的商场还属国营性质，职工挣多挣少差距不大。秀菇觉得在国营商场实习的意义不大，在征求学校同意后，她自己来到动物园附近的服装批发市场给南方的女老板打工。在那里的半年，秀菇学会了挣第一桶金，她也知道了产供销是怎么回事。临毕业时，她拒绝了到国营商场做正式工的诱惑，而是选择了到 CBD 一家新型商场租柜台练摊儿。

柜台的门面只有十几平方米，可租赁费就要十五万。秀菇不好朝家里要，就找品牌服装老板要求代销，押三付一。本来，地区经理是不允许这样做的，可经理一看秀菇的俏模样就打消了念头。一年下来，秀菇净赚了四五十万。转过年来，她把柜台的租金提前交了，并得到香港金利莱的品牌代理。村里人有人到城里买东西，偶尔有人到 CBD 商场见到秀菇的金利莱专卖店，看着那熟悉的广告——金利莱，男人的世界，他们便不由得哑然失笑。

从此以后，秀菇就落了个金利莱小姐的绰号。至于秀菇的婚姻，谁也说不好。她后来的买卖越做越大，几乎不回村里来。即使回来，也只是开着豪车，打扮时尚，仿佛跟香港小姐似的。听人说，秀菇过去的化学老师早几年也已经辞职，做的也是服装生意呢，至于是不是与秀菇在一起，只有他们才知道。

你 讲 话

“你讲话”，准确地说不是一个人的人名。在北京东南郊，20 世纪 80 年代曾一度流行这样的口头禅。一个人跟着一个人讲话，为了能让对方对自己的说法表示支持，说话前常用“你讲话”开头。譬如，老张碰到老李，老张对老李说，你讲话，这六月里的天就像小孩的脸，说变就变。对于这种比较认同的“你讲话”，村里人大都会说得很溜。

进入 90 年代后，随着流动人口的不断进入，村上的人们见面就很少有人会说“你讲话”了。不过，偶尔也有这样讲的。特别是在打的时，如果有司机冒出一句“你讲话”，人们一定会知道这司机大概是北京东南郊的人。

马老四是红庄一带最爱说“你讲话”的人。他一直讲了三十多年，至今遇到熟人说话，三句话总爱说上一句“你讲话”。在年轻人看来，马老四确实赶不上时代，有点过于土了。可马老四却痴心不改，用现在最时髦的话讲，他这叫作非物质文化遗产。

马老四在村里是个电工，年轻时因打架被劳动教养过几年。他这人文化程度不高，但悟性好，电工电器无一不通。即使村上的汽车修理厂遇到特殊的难题，也愿意叫马老四去帮衬。每当遇到有人相请，马老四就会得意地说：“你讲话”火车不是推的，牛皮不是吹的，是骡子是马得拉出来遛遛。

时间长了，村上人见到了马老四，已经很少有人叫他的名字了，而是直接称呼他“你讲话”。对于长辈、同辈人这样称呼他，马老四觉得很正常。要是比他小的晚辈，他就故作生气地说：“你讲话”是你叫的吗？没规矩！

马老四娶了个外地媳妇。媳妇在结婚前，只到他家见过一面。在简单的十几分钟聊天中，马老四一连用三个“你讲话”，一下把姑娘弄蒙了。他说的“你讲话”第一句是“男人是铁打的，女人是水做的。进门儿你什么活儿也不必干”。第二句“你讲话”是“自古红颜多薄命，你虽然长得比不上电影明星，但肯定长寿”。第三句“你讲话”是“早得儿子早得继，当年结婚当年娃，一切就图个顺风顺水”。一个女人进一个男人家，少干活，长寿，香火旺盛，这是再实际不过的了。而且，姑娘对马老四一口一句“你讲话”的语调也感到很亲切，言语之间有极高的认同感。

结婚后，媳妇发现马老四这“你讲话”是三句话不离口。时间长了，便有点腻味。一天，马老四跟媳妇正要“你讲话”时，媳妇拦住说，自从我进你家门，你就整天的“你讲话”，你能不能不说这个“你讲话”，听得我都闹心了。马老四被媳妇的话说怔住了，继而愤愤地说，你这个娘们儿怎么了，你讲话，新媳妇进门三天不打上房揭瓦，看来你是不想踏实过日子了。媳妇见马老四真急眼了，就说，做什么事可以再一再二，但不能再三再四，你可倒好，成毛病了。你想啊，假如你成天地老说“你讲话”，将来孩子如果进了城，张嘴闭嘴总是满口的“你讲话”，那会被人看不起的。

马老四虽然有点大男子主义，可对媳妇的话终究还是听得进去的。特别是媳妇说的如果孩子将来大了爱说“你讲话”会被城里人瞧不起，这对他还是产生了触动。

三十年前，“你讲话”的父亲马大权进城干临时工。他选择了到环卫局淘厕所，这活儿城里人不干，他去除了可以挣俩活钱儿，更重要的是他还可以往村里整农家肥。马大权对环卫局的管片队长说，你讲话，种地不使粪，等于瞎胡混。所以，每年的冬天环卫局怎么地也得给村上拉几车人粪尿。到了村里，他则对支书说，你讲话，这近水楼台先得月，肥水不流外人田，既然村上派我去城里做临时工，我就不能光挣个死工钱。

马大权爱说个“你讲话”，环卫局的人都知道。一般的工人都是临时工，大家都是农民，说说“你讲话”，倒也觉得亲切、顺耳。可要是城里人听了，就觉得别扭。局里有个女调度，是农业局副局长的女儿，四十大几了，一直未婚。有一天，马大权替队长去交一个报表，无意中碰到女调度的手，哪想女调度像触电似的赶紧把手缩了回去，还狠狠地瞪了一眼马大权。马大权说，我说大调度，你别这样瞪我，你讲话，一个巴掌拍不响，我向你递报表，你要是不接，我们的手就不会碰到一起，手碰不到一起，就不会产生误会，没有误会就不会让你生气。女调度原以为狠狠地瞪一眼就算出了恶气，谁知道这家伙竟蹬鼻子上脸，说了那么多废话，于是，她气急败坏地喊道：“你讲话”，你给我住嘴，不许你在这东拉西扯，赶紧给我滚！马大权见女调度真生气了，只好说：你讲话，好男不跟女斗，剩男靠凑，剩女靠揍！说完，他脚底下抹黄油一溜烟跑了。

马大权经常“你讲话”，既然知道好男不跟女斗，既然惹了女调度，他就得付出代价。这年冬天，女调度一车大粪也没让马大权拉走。女调度让人捎话给马大权，就说——你讲话，自作自受。

马老四听媳妇的话，坚持一个多月不说“你讲话”。可谁能想到，在春节前的一次严打中，派出所还是把马老四传了去。马老四问警察，我犯了什么事？警察说，马老四，你讲话，兔子不吃窝边草，狗改不了吃屎，我问你，半个月前你是不是和几个三河的人串通把偷的摩托车给卖了？马老四一听，马上说，你讲话，坦白从宽，抗拒从严，实话说，我真没参与这事，我可是大大的良民啊！

警察看了看装作一本正经的马老四，说，我们已经掌握了你的所有证据，你不承认也没关系，一会儿就有人指证你。平心而论，警察说这话时也并不是那么有底气。他们只是从三河市警察那里得知，他们那几个偷车贼和北京东郊红庄一带几个熟人经常在一起倒腾汽车，具体每个人叫什么名字他们也说不好，只记得其中有一个人说话总爱说“你讲话”。马老四说“你讲话”在这一带是出了名的，再加上他有前科，在派出所里有记录，属监察对象。这样，派出所便很快决定对马老四进行突击审问。

马老四知道警察已经掌握了他的证据，便一五一十地承认了自己的犯罪经过。当他最后说“你讲话，跑得了初一，跑不了十五，我知道这事早晚得暴露，请你们再给我一次重新做人的机会”时，警察笑了，说你什么时候不说“你讲话”了，你就真正地走正路了。马老四连声说，对对，从今以后我再也不说什么“你讲话”了。可别人不这么想，马老四如果真的不说“你讲话”了，他该说什么呢？习惯可是成自然啊。

瞎话刘

瞎话刘已经去世十几年了，我却时常想起他。听我父亲说，瞎话刘原本不是村上的人，他是山东德州一带的。抗美援朝结束后，瞎话刘从部队转业到通县，通县又给他放到了村里。理由是，瞎话刘有个远房亲戚家在村里。要问瞎话刘究竟为什么来村里，村干部没有公开说，瞎话刘自己也不说。

我记事的时候，瞎话刘就经常到我家找我父亲聊天。我父亲是村干部，很想了解村里的情况，瞎话刘的情报虽然有许多是编出来的，可经过筛选还是有真实内容的。村里关于瞎话刘的故事流传很多。

最有意思的一个瞎话是：一年夏天，瞎话刘到村中的井台去挑水，正巧碰到王家的二傻子王国銮。王国銮从小娇生惯养，父母希望他长大后能像他的名字一样，成为国家的王侯将相，这样也好光宗耀祖。可是，天不遂人愿，等王国銮到五岁时，得了疹子，乱服了一走街郎中的药，结果把脑子给伤了，成了傻子。有充大明白的人说，孩子是好孩子，全是大人把名字起得太大了，压不住啊。既然这样，有人问了，那该给孩子起个啥名呢？大明白说了，叫狗剩儿、栓子、柱子、大骡子、二猪头什么的，名贱点，好养活。

王国銮这年快三十了，人虽傻，但力气不亏，挑一担水可以走高跷。这天，王国銮把水从井下打上来，他嫌天气热，索性坐在井台上休息。可偏偏这时，瞎话刘也过来打水。他见傻子坐在井台上，就说，傻子，往边上挪挪，我打水。傻子见是瞎话刘，突然乐了，说，瞎话刘，说瞎话。瞎话刘听罢来气了，说，这村人欺生，怎么着也轮不到被一个傻子欺负。于是，他立马编了个瞎话，说，傻子，我告诉你一件事，你可不许对别人说。傻子问，什么事？瞎话刘说，你凑近点。于是，瞎话刘对傻子说，听说日本鬼子又要来了，明天中午在场院要枪毙傻子呢！傻子一听，头轰地大了，他紧跟着就拿起扁担大喊大叫地乱抡，多亏瞎话刘跑得快，不然非得闹出人命来。

还有一个是关于瞎话刘自己的。小时候，我们许多小伙伴都喜欢听村里的老人讲故事。他们讲得最多的就是七侠五义、小五义、《三国演义》、《水浒》、《岳飞传》，后来又有人说《叶飞三下江南》《一只绣花鞋》。时间长了，这些故事我们都能倒背如流。这时候，我们自然而然地就想到瞎话刘，想听他说抗美援朝的故事。开始，瞎话刘不愿说，他说那里有许多军事秘密，说多了会犯政治错误的。可他架不住我们死磨胡缠，最后他还是给我们讲了许多英雄的故事。瞎话刘说，有一次为了送情报，他冒着敌人的火力网匍匐前进，后来被逼到江边，他一个猛子扎下去，正好撞到一条大鲤鱼，那鲤鱼能有二三十斤，尾巴又滑又有力，说时迟那时快，他霍地抓住鲤鱼的尾巴，几下就游到江中心。等敌人发现时，他已经上了岸。

瞎话刘还说，他在朝鲜战场的事迹上过报纸呢。他说，有一次他所在的部队跟李承晚的军队发生遭遇战，他当时是副排长，被三个敌人包围了。他想这回完了。就在这时，他突然发现旁边有一个炸药包没炸，于是他毅然地弯腰把炸药包捡起来，拉着导火索，冲向敌人。敌人吓蒙了，但没有想到的是，他冲过去本以为炸药包要爆炸的，可这次竟然没有炸。他趁势抄起一把冲锋枪，照着那三个敌人一阵扫射。结果，战斗结束时，他的事迹被报到团部，受到上级的嘉奖。

“刘叔叔，你既然这么厉害，为什么不留在部队啊？”瞎话刘的故事令孩子们瞠目结舌，大家最初都很崇拜他。等我们长大看到了电影《渡江侦察记》《英雄儿女》后，才知道发生在瞎话刘身上的故事原来都是别人的。渐渐地，村里人开始质疑他，其中也包括我们当初的伙伴。

“啊啊，我是由于战斗负伤，自愿要求回到咱们村上的。你们知道，我老家山东德州已经没什么亲人了，我只有个远房的大爷在咱们村，他年龄大了，需要人照顾啊！”瞎话刘尽可能搪塞着。

“男人一般二十一二就结婚，你都三十多了，为什么不结婚？难道没有女人看上你？”

瞎话刘不结婚一直是个热点话题。有人说瞎话刘在外边待的时间长，见多识广，村里的女人他看不上。也有的人说，瞎话刘在朝鲜战场因为冻伤而失去了性功能。也有的人说，瞎话刘在外边有牵挂的女人，只是时机还没有成熟。

要说瞎话刘不喜欢女人，那肯定是不真实的。

20 世纪 90 年代初，我进城上班了，就很少再回到村上来。偶尔听父亲提到瞎话刘，父亲说，国家有政策，对新中国成立前参加解放军的退转军人要给一定的经济补助，据说瞎话刘每年能领一千八百元呢。在二十几年前，我们的工资每月才二三百块钱，瞎话刘在农村一年能有一千八百元的补助该被别人怎样羡慕啊！

瞎话刘此时已经六十多岁了。某一天，他拿着一张《婚姻家庭报》找到我父亲，说他在上边登了征婚广告，如果有女人找到村上来，让我父亲一定给说好话。父亲说，只要你能娶上媳妇，我就是像你一样说瞎话也行啊。

还别说，这征婚的广告效应还真不错，前后来了有一百多封信，其中不乏三四十岁的独身或离异女人。至于亲自登门来的，也有十几个。至于怎么谈的，村里的说法很多。

之一：有一个安徽妇女，带着两个孩子，大的上初中，小的上小学。这妇女长得不是很漂亮，但浑身上下有力气。用她自己的话说，她响应过毛主席的号召"一定要治理好淮河"，主动参加劳动大军，担任过妇女队长。她唯一的要求就是男人不能说瞎话，她前任丈夫就因为虚报粮食产量而被群众揭发一时想不开自杀的。她说，如果她找的男人再说瞎话，她就先把他杀了。瞎话刘一听，觉得这有点是针对他来的。结果只能作罢。

之二：有一个卖保险的女主管，她找到瞎话刘，说与其找一个没谱的媳妇，还不如给自己买几份保险。瞎话刘说，你说得没错，但人活着绝不是为了把自己放进保险柜里，有时候就得冒险。女主管说，你会怎么冒险？瞎话刘见没有人在附近，就一下抱住女主管，死活要亲人家的嘴唇。女主管气不过，一口将瞎话刘的鼻子给咬了。为此，瞎话刘一个多月没敢出门。有人问他的鼻子是咋回事，他说，不小心被马蜂蜇了。

之三：河北有一个四十八岁的农村姑娘，一直未婚。他见到瞎话刘，见他身体硬朗，口才也不错，就直奔主题，说：我嫁给你好说，只要你答应一年内把户口迁到北京，再给我五万元彩礼，我十天内就和你结婚。瞎话刘说，你要是今天跟了我，我明天就把一万元先给你。姑娘说，我没跟你领结婚证呢，不能先那什么。瞎话刘一听笑了，说，你都四十八了，马上就要绝经了，你还不抓紧啊。姑娘急了，大骂瞎话刘是流氓、骗子。瞎话刘说，我一辈子说瞎话，这回说的可是实话。

我最后一次见瞎话刘，是在他去世的前夕。他专门找到我，他说，听说你现在是作家了，不知道你将来会不会写到我。我请你高抬贵手，一定要树我一个正面形象。我说，那不行，你一辈子净说瞎话了。我如果不写，我岂不变成说瞎话的人了？瞎话刘说，你如果答应我，我就告诉你一个真实的自己。我想了想，说：我答应你。

于是，瞎话刘告诉了我他真实的身世：

“我是 1950 年参军的。抗美援朝最初我只是个战士，战争结束时，我已经担任了班长。记得在最后一次战役中，我们抓住了对方五个侦察兵，连里让我带两个战士将他们送到团部。谁知，半道遇到雷区，是他们的。结果，我们两个战士被炸死了。我气坏了，亲手用冲锋枪打死了两个俘虏。结果，到了团部，另三个家伙联名抗议，说我们虐待战俘，还扬言要把我告到联合国军事法庭。首长为了保护我，让我从此隐姓埋名，如果对方追究起来，就说我已经牺牲了。”

后 记

中国的文学，总的说来是乡土文学。当然，乡土文学不等于乡村文学，但乡村文学在其中肯定占有绝对的超大份额。道理很简单，我们是个农业大国，近百年来，绝大部分作家、诗人都是从农村走出来的。有些作家即使出生在城市，也因为革命、支边、下放、插队有着不同程度的农村经历。

我也是个农民的后代。我的家乡在北京东郊双桥农场，通惠河与萧太后河穿境而过，其下游的交汇处就是著名的千里京杭大运河。20世纪50年代前，双桥地区原归属通州，后来才划到朝阳区。因此，当有人把我列入通州籍作家，我从心里是不反对的。在通州的现当代历史上，走出了几个有重要影响的作家、艺术家，如刘白羽、王洛宾、张中行、高占祥、刘绍棠和王梓夫等。其中的刘绍棠先生，因一生写大运河而驰名中外，之后的王梓夫也因写《漕运码头》而大器晚成。我虽然写大运河题材的作品很少，但从文学的血液里，我还是很愿意融入大运河文学这支队伍里的。更何况我直接接受过刘绍棠先生的亲切教诲呢？据说，我写通州农民企业家侯景奇创业经历的长篇报告文学《月儿弯弯照九洲》一书的序言，是刘绍棠先生生前写的最后一个序言。每想到此，我的心里又不安又自喜。

我在农场生活了二十几年，在那里有我的亲人，也有许多的乡亲、同学、工友，虽然我离开农场二十几年了，可我的心始终与那块土地紧密相连，尽管农场后来所发生的种种变化并不是我所能接受的。譬如把国营农场和乡村分开，将农场的牛场、鸡场、鸭场、渔场、果园等单位停产，导致上千名工人工龄被买断，而农场的大量土地则被用来搞房地产开发等。我不是党政官员，也不是高层的决策者，或许人家当地搞这样的举措并没有错误，只是我心里一时还不好接受。我们那个农场毕竟是全国农垦系统的先进典型啊！

我承认环境可以改变人。可对于我们这代人的记忆呢？我们曾经的付出呢？多年后难道就被那些钢筋水泥给埋葬了吗？想到此，我常常心潮起伏。前几年，我曾将北京郊区的作家召集到一起，提议大家团结起来，尽快创作出一批反映我们北京郊区的文学作品，这既是我们的情感需要，也是我们的历史责任。为此，我希望有一批有志于此的作家和我一道，写出一批有气魄有质量的优秀作品来。我的这本书，如果姑且可以算作一种尝试，我希望大家多批评，多提建议，以便有更好的作品问世。

2016年12月30日于北京西坝河